经典散文精华本

丰子恺散文

活着本来单纯

三辰影库音像出版社

图书在版编目（CIP）数据

丰子恺散文：活着本来单纯 / 丰子恺著. -- 北京：三辰影库电子音像出版社，2017.1

ISBN 978-7-83000-211-4

Ⅰ.①丰… Ⅱ.①丰… Ⅲ.①散文集-中国-现代 Ⅳ.①I266

中国版本图书馆 CIP 数据核字（2016）第 302326 号

书　　名：丰子恺散文：活着本来单纯
作　　者：丰子恺　著
出版发行：三辰影库音像出版社
地　　址：北京市朝阳区北苑路媒体村天畅园 2 号楼
出 版 人：王六一
印　　制：北京市昌平新兴胶印厂
开　　本：880 毫米 ×1230 毫米　1/32
印　　张：10
版　　次：2017 年 2 月第 1 版
印　　次：2017 年 2 月第 1 次印刷
印　　数：1—5000
书　　号：ISBN 978-7-83000-211-4
定　　价：35.00 元

目　录

第一辑　带点笑容

第二辑　山水间的生活

第三辑　不惑之礼

第四辑　我的苦学经验

第一辑

带点笑容

故春去在我不觉得足惜。所可惜者，只是时光的一去不返，不可挽留。我们好比乘坐火车，自己似觉静静地坐着，不曾走动一步，车子却载了你在那里飞奔。不知不觉之间，时时刻刻在那里减短你的前程。

带点笑容

请照相馆里的人照相，他将要开镜头的时候，往往要命令你："带点笑容！"

爱好美术的朋友 X 君最嫌恶这一点，因此永不请教照相馆。但他不能永不需要照相，因此不惜巨价自己购置一副照相机。然而他的生活太忙，他的技术太拙，学了好久照相，难得有几张成功的作品。为了某种需要，他终于不得不上照相馆去。我预料有一幕滑稽剧要开演了，果然：

X君站在镜头面前，照相者供献他一个摩登花样的矮柱，好像一只茶儿，教他左手搁在这矮柱上，右手叉腰，说道："这样写意！"X君眉头一皱，双手拒绝他，说："这个不要，我只要这样站着好了！"他心中已经大约动了三分怒气。照相者扫兴地收回了矮柱，退回镜头边来，对他一相，又走上前去劝告他："稍微偏向一点儿，不要立正！"X君不动。照相者大概以为他听不懂，伸手捉住他的两肩，用力一旋，好像雕刻家弄他的雕像似的，把X君的身体向外旋转约二十度。他的两手一放，X君的身体好像有弹簧似的，立刻回复原状。二人意见将要发生冲突，我从中出来调解："偏一点儿也好，不过不必偏得这样多。"X君听了我的话，把身体旋转了约十度，但我知道他心中的怒气已经动了五六分了。

照相者的头在黑布底下钻了好久，走到X君身边，先用两手整理他的衣襟，拉他的衣袖，又蹲下去搬动他的两脚。最后立起身来用两手的中指点住他的脖颈，旋动他的头颅；用左手的食指点住他的后脑，教他把头俯下；又用右手的食指点住他的下巴，教他把头仰起。X君的怒气大约已经增至八九分。他不耐烦地嚷起

残废的美

来："好了，好了！快些给我照吧！"我也从旁帮着说："不必太仔细，随便给他照一个，自然一点倒好看。"照相者说着"好，好，"走回镜旁，再相了一番，伸手搭住镜头，对X君喊："眼睛着着这里！带点儿笑容！"看见X君不奉行他的第二条命令，又重申一遍："带点笑容！"X君的怒气终于增到了十分，破口大骂起来："什么叫做带点笑容！我又不是来卖笑的！混帐！我不照了！"他两手一挥，红着脸孔走出了立脚点，皱着眉头对我苦笑。照相者就同他相骂起来：

"什么？我要你照得好看，你反说我混帐！"

"你懂得什么好看不好看？混帐东西！"

"我要同你品品道理看！你板着脸孔，我请你带点笑容，这不是好意？到茶店里品道理我也不怕！"

"我不受你的好意。这是我的照相，我欢喜怎样便怎样，不要你管！"

"照得好看不好看，和我们照相馆名誉有关，我不得不管！"

听到了这句话，X君的怒气增到十二分："放屁！你也会巧立名目来拘束别人的自由？……"二人几乎动

盆栽联想

武了。我上前劝解，拉了愤愤不平的X君走出照相馆。一出滑稽剧于是闭幕。

我陪着X君走出照相馆时，心中也非常疑怪。为什么照相一定要“带点笑容”呢？回头向他们的样子窗里一瞥，这疑怪开始消解，原来他们所摄的照相，都作演剧式的姿态，没有一幅是自然的。女的都带些花旦的姿态，男的都带些小生、老生，甚至丑角的姿态。美术上所谓自然的pose（姿势），在照相馆里很难找到。人物肖像上所谓妥帖的构图，在这些样子窗里尤无其例。推想到这些照相馆里来请求照相的人，大都不讲什么自然的pose与妥帖的构图。女的但求自己的姿态可爱，教她装个俏眼儿也不吝惜，男的但求自己的神气活现，命令他“带点笑容”当然愿意的了。我们的X君戴了美术的眼镜，抱了造象的希望，到这种地方去找求自然的pose与妥帖的构图，犹如缘木求鱼，当然是要失望的。

但是这幕滑稽剧的演出，其原因不仅在于美术与非美术的冲突上，还有更深的原因隐伏在X君的胸中。他是一个不善逢迎，不苟言笑的人。他这种性格，今天就在那个照相馆中的镜头前而现形出来。他的反抗照相者的命令，其意识中仿佛在说："我不愿作一切违背衷心的非义的言行！我不欲强作笑颜来逢迎任何人！我的脸孔天生成这样！这是我之所以为我！"故在他看来，照相者劝他"带点笑容"，仿佛是强迫他变志，失节，装出笑颜来谄媚世人，在他是认为奇耻大辱的。然而照相馆里的人哪能顾到这一点？他的劝人"带点笑容"，确是出于"好意"。因为他们营商的人，大都以多数顾客的要求为要求，以多数顾客的好恶为好恶，他们自己对于照相根本没有什么要求，也没有什么好恶。故X君若有所愤怒，也不必对他们发，应该发在多数的顾客身上。因为多数顾客喜欢在镜头面前作娇态，装神气，因此养成了这样的照相店员。

我并不主张照相时应该板脸孔，也不一定嫌恶装笑脸的照相。但觉照相者强迫镜头前的人"带点笑容"，是可笑，可耻，又可悲的事。因此我不得不由此想象：现今的世间，像X君的人极少，而与X君性格相反的人极多。那么真如X君出照相馆时所说："现今的世间，要进照相馆也不得不'带点笑容'了！"

自然

“美”都是“神”的手所造的。假手于“神”而造美的，是艺术家。

路上的褴褛的乞丐，身上全无一点人造的装饰，然而比时装美女美得多。这里的火车站旁边有一个伛偻的老丐，天天在那里向行人求乞。我每次下了火车之后，迎面就看见一幅米叶（米勒）（Millet）的木炭画，充满着哀怨之情。我每次给他几个铜板——又买得一幅充满着感谢之情的画。

桓山之鸟

女性们煞费苦心于自己的身体的装饰。头发烫也不惜，胸臂冻也不妨，脚尖痛也不怕。然而真的女性的美，全不在乎她们所苦心经营的装饰上。我们反在她们所不注意的地方发现她们的美。不但如此，她们所苦心经营的装饰，反而妨碍了她们的真的女性的美。所以画家不许她们加上这种人造的装饰，要剥光她们的衣服，而赤裸裸地描写"神"的作品。

画室里的模特儿虽然已经除去一切人造的装饰，剥光了衣服；然而她们倘然受了画学生的指使，或出于自心的用意，而装腔作势，想用人力硬装出好看的姿态来，往往越装越不自然，而所描的绘画越无生趣。印象派以来，裸体写生的画风盛于欧洲，普及于世界。使人走进绘画展览中，如入浴堂或屠场，满目是肉。然而用印象派的写生的方法来描出的裸体，极少有自然的、美的姿态。自然的、美的姿态，在模特儿上台的时候是不会有的；只有在其休息的时候，那女子在台旁的绒毡上任意卧坐、自由活动的时候，方才可以见到美妙的姿态，这大概是世间一切美术学生所同感的情形吧。因为在休息的时候，不复受人为的拘束，可以任其自然的要求而活动。“任天而动”，就有“神”所造的美妙的姿态出现了。

人在照相中的姿态都不自然，也就是为此。普通照相中的人物，都装着在舞台上演剧的优伶的神气，或南面而朝的王者的神气，或庙里的菩萨像的神气，又好像正在摆步位的拳教师的神气。因为普通人坐在照相镜头前面被照的时间，往往起一种复杂的心理，以致手足无措，坐立不安，全身紧张得很，故其姿态极不自然。加之照相者又要命令他“头抬高点！”“眼睛看着！”“带点笑容！”内面已在紧张，外面又要听照相者的忠告，而把头抬高，把眼钉住，把嘴勉强笑出，这是何等困难而又滑稽的办法！怎样教底片上显得出美好的姿态呢？我近来正在学习照相，因为嫌恶这一点，想规定不照人物的肖像，而专照风景与静物，即神的手所造的自然，及人借了神的手而布置的静物。

人体的美的姿态，必是出于自然的。换言之，凡美的姿态，都是从物理的自然的要求而出的姿态，即舒服的时候的姿态。这一点屡次引起我非常的铭感。无论贫贱之人，丑陋之人，劳动者，黄包车夫，只要是顺其自然的天性而动，都是美的姿态的所有者，都可以礼赞。甚至对于生活的幸福全然无分的，第四阶级以下的乞丐，这一点也决不被剥夺，与富贵之人平等。不，乞丐所有的姿态的美，屡比富贵之人丰富得多。试入所谓上流的交际社会中，看那班所谓“绅士”，所谓“人物”的样子，点头，拱手，揖让，进退等种种不自然的举动，以及脸的外皮上硬装出来的笑容，敷衍应酬的不由衷的言语，实在滑稽得可笑，我每觉得这种是演剧，不是人的生活。作这样的生活，宁愿作乞丐。

被造物只要顺天而动，即见其真相，亦即见其固有的美。我往往在人的不注意，不戒备的时候，瞥见其人的真而美的姿态。但倘对他熟视或声明了，这人就注意，戒备起来，美的姿态也就杳然了。从前我习画的时候，有一天发现一个朋友的 pose（姿态）很好，要求他让我画一张 sketch（速写），他限我明天。到了明天，他剃了头，换了一套新衣，挺直了项颈危坐在椅子里，教我来画。……这等人都不足与言美。我只有和我的朋友老黄，能互相赏识其姿态，我们常常相对坐谈到半夜。老黄是画画的人，他常常嫌模特儿的

绿满窗前草不除

姿态不自然，与我所见相同。他走进我的室内的时候，我倘觉得自己的姿势可观，就不起来应酬，依旧保住我的原状，让他先鉴赏一下。他一相之后，就会批评我的手如何，脚如何，全体如何。然后我们吸烟煮茶，晤谈别的事体。晤谈之中，我忽然在他的动作中发现了一个好的pose，“不动！”他立刻石化，同画室里的石膏模型一样。我就欣赏或描写他的姿态。

不但人体的姿态如此，物的布置也逃不出这自然之律。凡静物的美的布置，必是出于自然的。换言之，即顺当的，妥帖的，安定的。取最卑近的例来说：假如桌上有一把茶壶与一只茶杯，倘这茶壶的嘴不向着茶杯而反向他侧，即茶杯放在茶壶的后面，犹之孩子躲在母亲的背后，谁也觉得这是不顺当的，不妥帖的，不安定的。同时把这画成一幅静物画，其章法（即构图）一定也不好。美学上所谓“多样的统一”，就是说多样的事物，合于自然之律而作成统一，是美的状态。譬如讲坛的桌子上要放一个花瓶。花瓶放在桌子的正中，太缺乏变化，即统一而不多样。欲其多样，宜稍偏于桌子的一端。但倘过偏而接近于桌子的边上，看去也不顺当，不妥帖，不安定。同时在美学上也就是多样而不统一。大约放在桌子的三等分的界线左右，恰到好处，即得多样而又统一的状态。同时在实际也是最自然而稳妥的位置。这时候花瓶左右所余的桌子的长短，大约是三与五，至四与六的比例。这就是美学上所谓“黄金比例”。黄金比例在美学上是可贵的，同时在实际上也是得用的。所以物理学的“均衡”与美学的“均衡”颇有相一致的地方。右手携重物时左手必须扬起，以保住身体的物理的均衡。这姿势在绘画上也是均衡的。兵队中“稍息”的时候，身体的重量全部搁在左腿上，右腿不得不斜出一步，以保住物理的均衡。这姿势在雕刻上也是均衡的。

故所谓“多样的统一”，“黄金律”，“均衡”等美的法则，都不外乎“自然”之理，都不过是人们窥察神的意旨而得的定律。所以论文学的人说，“文章本天成，妙手偶得之”；论绘画的人说，“天机勃露，独得于笔情墨趣之外。”“美”都是“神”的手所造的，假手于“神”而造美的，是艺术家。

青年与自然

英诗人瓦资瓦斯（华兹华斯）（Wordsworth）的诗里说道："嫩草萌动的春天的田野所告我们的教训，比古今圣贤所说的法语指示我们更多的道理。"这正是赞美自然对人的感化力，又正是艺术教育的简要的解说，吾人每当花晨月夕，起无限的感兴。人生精神的发展，思想的进步，至理的觉悟，已往的忏悔，未来的企图：一切这等的动机，大都在这等花晨月夕的感兴中发生

困与鹿麛相伴眠

雀巢可俯而窥

的。青年受自然的感化和暗示最多。青年是人生最中坚的、最精彩的、最有变化的一部分。青年一步步地踏进成人的境域去的时候，对于他们所天天接近而最不解的自然，容易发生种种的能动的疑问。这等疑问唤起了他们的无限的感想，这感想各人不同，各用以影响到自己的意志和行为。在孩儿时代，是感观主宰的时代，那时对自然所起的感情大都是受动的。在成人时代，阅世较深，现实的境遇比较的固定，自然的感化也鲜能深入他们的腑肺，但不过有时引起一时的感兴。唯有极盛的青年期受自然的感化最多。

吾人所常接近的自然，如日月星辰，山川花木等，其中花和月最与人亲，在自然中，月仿佛是慈爱的圣母 Maria（玛利亚），花仿佛是绰约的女神 Aphrodite（阿佛洛狄忒），常常对人作温和的微笑。

惜春

不多天之前我在这里赞颂垂条的杨柳。现在柳条早已婆娑委地，杨花也已开始飘荡，春光将尽，我又来这里谈惜春的话了。

“惜春”这个题目何等风雅！古人的诗词里以此为题的不可胜计，今人也还在那里为此赋诗填词。绿肥红瘦，柳昏花冥，杜鹃啼血，流水飘红，再加上羁人，泪眼，伤心，断肠，离愁，酒病，……惜春这件事主客观两方面应有的雅词，已经被前人反复说尽，我已无可再说了。现在为什么取这个题目来作文呢？也不过应应时，在五月号的杂志里写一个及时的题目，表面上好看些。这好比编小学教科书：秋季始业的，前几课讲月亮，蟋蟀，桂花，果实，农人割稻，以及双十节。后几课讲棉衣，火炉，做糕，落雪，以及贺年。春季始业的，前几课讲菜花，桃花，蝌蚪，种牛痘，以及总理忌辰，后几课讲杀苍蝇，灭蚊虫，吃瓜，乘凉，以及热天的卫生。似乎那些小学生个个是一年生的动物，在秋天不知有春，在春天不知有秋，所以非讲目前的情状不可的。我的读者不是小学生，其实不一定要讲目前的情状。但是随笔总得随我的笔，我的笔又总得随我的近感。我握笔为这杂志写这篇随笔的时候，但念不多天之前刚刚写了一篇赞颂初生的杨柳的文章，现在柳条早已婆娑委地，杨花也早已开始飘荡，觉得时光的过去真快得可惊！这其间一个多月的时光，我不知干了些什么？这一点近感便是我的这篇随笔的本意。题目不妨写作“惜时光”。但现在的时光是春天，也不妨写作“惜春”。

去年的春天，我曾在这杂志里谈过春天的冷暖不匀，晴雨无定，以及种种不舒服。故春去在我不觉得足惜。所可惜者，只是时光的一去不返，不可挽留。我们好比乘坐火车，自己似觉静静地坐着，不曾走动一步，车子却载了你在那里飞奔。不知不觉之间，时时刻刻在那里减短你的前程。我曾经立意要不花钱，一天到晚坐在屋里，果然一钱也不花。我曾经立意要不费力，一天到晚躺在床里，果然一些力也不费。我曾经立意要不费电，晚上不开电灯，果然一度电也不费。我也曾经立意要不费时间，躲在床角里不动。然而壁上的时辰钟“的格的格”地告诉我，时间管自在那里耗费。于是我想，做了人真像“骑虎之势”，无法退缩或停留，只有努力地惜时光，积极地向前奋斗，直到时间的大限的来到。

生活上的苦闷和不幸，有时能使人对于时光觉得不可惜而可嫌，盼望它快些过去的。然而这是例外。人生总希望快乐。快乐的时间总希望其不要过得太快。回忆自己的学生时代，最快乐的时间是假期。星期六、星期日和纪念日小快乐，春假、年假和暑假大快

欣欣向荣

好鸟枝头亦朋友

乐。这也是世间一件矛盾的怪事：平常出了钱总希望多得几分货；只有读书，出了学费只希望少上几天课。试看假期前晚的学生们的狂喜，似觉他们所希望的最好是只缴学费而永不上课。于此足见读书这件事不是平常的买卖。不然，这件事正像史蒂芬生（斯蒂文森）的《自杀俱乐部》中的青年的行为：一面缴了四十镑的会费而做自杀俱乐部会员，一面又在抽签时热望自己永不抽着当死的签。试看星期一早上躺在床上的学生的尴尬脸孔，或暑假开学前一天的学生的没精打采，似觉他们对于赴校上课这件事看得真同赴死一样可怕。其实原是他们自己来寻死的。

我幼时在暑假的前几天感觉非常欢喜，好像有期徒刑的囚犯将被开释似的。又怀抱着莫大的希望，忙里偷闲地打算假期中的生活，整理假期中所要看的书籍。我想象五六十天的假期，似觉时光非常悠长，有无数的事件好干，无数的书可读，有无数时光可以和弟弟共戏，还有无数的余闲可和邻家的小朋友玩耍。本学期中欠熟达的功课，满望在这悠长的假期中习得完全精通。平日所希望修习而无暇阅读的书籍，在假期前都特地买好，满望在这悠长的假期中完全读毕。还有在教科书里看到的种种科学玩意儿，在校因没有时间和工具而未曾试作的，也都挑选出来，抄写在笔记簿上，满望在悠长的假期中完全作成，和弟弟们畅快地玩耍。五六十天的假期，在我望去好像一只宽紧带结成的袋子，不拘多少东西，尽管装得进去。

放假的一天，我背了这只宽紧带结成的无形大袋子而欣然地回家。回到半年不见的家里，觉得样样新鲜，暂把这无形的大袋搁一搁再说。初到的几天因为路途风霜，当然完全休息。后来多时不见的姑母来做客了，母亲热诚地招待她，假期中的我当然奉陪，闲谈几天。后来姑母邀请我去做客，母亲说我年年出门求学，难得放假回家，至亲至眷应该去访问访问，我一去就是四五天乃至六七天。回家又应该休息几天。后来，天气太热，中了暑发些轻痧，竹榻上一困又是几天。病起又休息几天。本镇有戏文，当然去看几天。戏文场上遇见几位小学时代的同学，多时不见，留着款待几天。送往了同学，迎来了一年不见的二姐、姐丈和外甥们，于是杀鸡置酒，大家欢聚半个月乃至二十天。二姐回家时带了我去，我这回做客一去又是四五天乃至六七天。回家当然又是休息几天。屈指一算，离暑假开学已经只有十来天了。横竖如此，这十来天索性闲玩过去吧。到了开学的前一天，我整理行装，看见于假前所记录着的一纸假期工作表，所准备着的一束假期应读的书，所选定着的假期中拟制之玩具的说明图，都照携回家时的原样放置在网篮里，搁置在书桌旁的两只长凳上，上面积着厚厚的一层灰尘。蹉跎的懊恼和乐尽的悲哀交混在我的心头，使我感到一种不可名状的不快。次日带了这种不快而辞家到校，重新开始那囚犯似的学校生活。

第二次假期前几天，我仍是那样地欢喜，再结起一只宽紧带的大袋子来，又把预定的假期工作多多益善地装进去，背了它欣然地回家。我的意思以为第一次没有经验，安排得不好，以致蹉跎过去；这回我定要好好地安排：客人不必多应酬，或竟不见；做客少住几天，或竟不去；戏不应该看；病不应该生。这样安排，一定有许多书好看，许多事可做。然而回到家里，不知怎样一来，又同第一次一样，这里几天，那里几天，距开学又只十来天了。于是再带了蹉跎的懊恼和乐尽的悲哀所混成的一种不可名状的不快而整理行装，离家到校。

这样的经验反复了数次，我方才悟到预期的不可靠与事实的无可奈何，于是停止这种如意算盘。青年人少不更事，往往向美丽的未来中打很大的如意算盘。他们以为假期有五六十天的悠长的日月，看薄薄的几册书，算什么呢？然而日子自己会很快地过去，而书的 page（页）不会自动地翻过。宽紧带的袋子看似可以无限地装得进去，但毕竟是硬装的，原来的容量其实很小。我经验了几次如意算盘的失败之后，才知道凡事须靠现在努力工作。现在工作一小时，得益一小时；工作二小时，得益二小时。与其费心于未来的预期，不如现在拿这点工夫来用功。以后每逢假期，我不再准备假期工作。遵守西洋格言 Work while work，play while play①的教训，我预备玩过一暑假。却不意在暑假中也看完了几部小说。开学时回顾，好像得了一

①英国谚语，大意是：该玩时痛快地玩，该工作时专心工作。

春 草

笔意外的收入，格外愉快。

青年们在校时不用功，往往预期出校后自行补修；或者在就业后抽闲补习。他们打定了这个如意算盘之后，在校时索性不用功了。他们想：出校后岁月悠长，无拘无束；横竖要从头补修过！现在索性放弃吧。但是，据我所见，他们这预期往往同我的假期工作的预期同一运命，总是不会实践的。他们没有预计到出校后的种种繁忙，同我没有预计到假期回家后的种种应酬一样。职业，生计，恋爱，婚姻，子女，……种种人事拥挤在他们出校后的日月中，使他们没有工夫补修在校时未了的课业。试看社会上就业的成人们的学问知识，恐怕十人中有九人所有的只是青年时代在学校中所收得的一点。靠出校后自己补修而增进学识的，十人中不过一人而已。可知青年求学时代所获得的一点学识，是人生教养的基本。后来的见闻虽然也使你增进些知识，但只是枝叶，人生修养的基本只限于青年求学时代所得的一点。

我自己青年时代没有好好地受教育，年长后常感知识不全之苦。几何三角的问题我不会解，物理化学的公式我看不懂，专门科学的书我都读不下去。屡次希望补修，至今不能实践。古人云："看来四十犹如此，便到百年已可知。"我离四十只有两年，大概此生不会有能解三角几何问题，能懂物理化学公式，能读专门科学书籍的日子了！人生倘有来世，我的来世倘能投人，投了人倘能记忆这篇文章，我定要好好地度送我的青年时代，多收得些学识，造成一个人生的巩固的基础。我此生中的青年已经过去，无法挽回，只有借了惜春的题目，在这里痛惜一下算了。假如这些话能给正在青年期的读者们一些警励，那便似以前在假期中看完了几部小说，好像得了一笔意外的收入，格外愉快。

闲

“闲”在过去时代是一个可爱的字眼；在现代变成了一个可恶的字眼。例如失业者的“赋闲”，不劳而食者的“有闲”，都被视为现代社会的病态。有闲被视为奢侈的，颓废的。但也有非奢侈，非颓废的有闲阶级，如儿童便是。

儿童，尤其是十岁以前的儿童，不论贫富，大都是有闲阶级者。他们不必自己谋生，自有大人供养他们。

在入学，进店，看牛，或捉草以前，除了忙睡觉，忙吃食以外，他们所有的都是闲工夫。到了入学，进店，看牛，或捉草的时候，虽然名为读书，学商或做工，其实工作极少而闲暇极多。试看幼稚园、小学校中的儿童，一日中埋头用功的时间有几何？试看商店的学徒，一日中忙着生意的时间有几何？试看田野中的牧童，一日中为牛羊而劳苦工作的时间有几何？除了读几遍书，做几件事，牵两次牛，捉几根草以外，他们在学校中，店铺里，田野间，都只是闲玩而已。

在饱尝了尘世的辛苦的中年以上的人，“闲”是最可盼的乐事。假如盼得到，即使要他们些终身高卧空山上，或者独坐幽篁里，他们也极愿意。在有福的痴人，“闲”也是最可盼的乐事。假如盼得到，即使要他们吃饭便睡，睡醒便吃，终身同猪猡一样，在他们正是得其所哉。但在儿童，“闲”是一件最苦痛的事。因为“闲”就是“没事”，没事便静止，静止便没有兴味；而儿童是兴味最旺盛的一种人。

在长途的火车中，可以看见儿童与成人的态度的大异。成人大都安定地忍耐地坐着，静候目的地的到达，儿童便不肯安定，不能忍耐。他们不绝地要向窗外探望，要买东西吃；看厌吃饱之后，要嚷“为什么还不到”，甚至哭着喊“我要回家去了”，于是领着他们的成人便骂他们，打他们。讲老实话，成人们何尝欢喜坐长途火车？他们的感情中或许也在嚷着“为什么还不到？”也在哭着喊“我要回家去了！”只因重重的世智包裹着他们的感情，使这感情无从爆发出来。这仿佛一瓶未开盖的汽水，看似静静的，安定的；其实装着满肚皮的气，无从发泄！感情的长久的抑制，渐渐使成人失却热烈的兴味，变成“颓废”的状态。成人和儿童比较起来，个个多少是“颓废”的。

只有颓废者盼羡着“闲”，不颓废的人——儿童——见了“闲”都害怕。他们称这心情为“没心相”。在兴味最旺盛的儿童，“没心相”似乎比“没饭吃”更加苦痛。为了“没心相”而啼哭，为了“没心相”而做种种的恶戏；因了啼哭和恶戏而受大人的骂和打，是儿童生活上常见的事。他们为避免“没心相”，不绝地活动，除了睡眠，及生病以外，孩子们极少有继续静止至半小时以上者。假如把一个不绝地追求生活兴味的活泼的孩子用绳子绑缚了，关闭在牢屋里，我想这孩子在“饿”死以前一定先已“没心相”死了。假如强迫这种孩子学习因是子静坐法，所得的效果一定相反。在儿童们看来，静坐法和禅定等，是成人们的自作之刑。而在有许多成人们看来，各种辛苦的游戏也是儿童们的犯贱的行为。有的老人躺在安乐椅中观看孩子们辛辛苦苦地奔走叫喊而游戏，会讥笑似的对他们说：“看你们何苦！静静儿坐一下子有什么不好？”倘有孩子在游戏中跌痛了，受伤了，这种老人便振振有词：“教你覅，你板要，难（现在）你好！”其实儿童并不因此而懊悔游戏，同成人事业磨折并不懊悔做事业一样。儿童与成人分居着两个世界，而两方互相不理解的状态，到处可见。

儿童的游戏，犹之成人的事业。现世的成人与儿童，大家多苦痛：许多的成人为了失业而苦痛，许多的儿童为了游戏不满足而苦痛。住在都会里的孩子可以享用儿童公园；有钱人家的孩子可以购买种种的玩具。但这些是少数的幸运的孩子。多数的住在乡村里的穷人家的孩子，都有游戏不满足的苦痛。他们的保护人要供给他们衣食，非常吃力；能养活他们几条小性命，已是尽责了。讲到玩具，游戏设备，在现今的乡村间真是过分的奢求了。孩子们像猪猡一般地被豢养在看惯的破屋里。大人们每天喂了他们三顿之外，什么都不管。春天，夏天，白昼特别长；儿童的百无聊赖的生活状态，看了真是可怜。无衣无食的苦是有形的，人皆知道其可怜；“没心相”的苦是无形的，没人知道，因此更觉可怜。人的生活，饱食暖衣而无事，远不如为衣为食而奔走的有兴味。人的生活大半是由兴味维持的；儿童的生活则完全以兴味为原动力。热衷于赌博的成人，输了还是要赌。热衷于游戏的儿童，常常忘餐废寝。于此可见人类对于兴味的要求，有时比衣食更加热烈。

在种种简单的游戏法中，更可窥见人对于“闲”何等不耐，对于“兴味”何等渴慕。这种游戏法，大都不须设备，只要一只手一张嘴，随时随地都可开始游戏，而游戏的兴味并不简单。这显然是人为了兴味的要求，而费了许多苦心发明出来的。就吾乡所见，最普通的游戏是猜拳。只要一举手便可游戏，而且其游

众　生

戏颇有兴味。这本来是侑酒的一种方法，但近来风行愈广，已变成一种赌博，或一种消闲游戏。工人们休息的时候，各人袋里摸出几个铜板来摆在地上，便在其上面开始拇战，胜的拿进铜板。年纪稍长的儿童们也会弄这玩意；他们摘三根草放在地上，便开始猜拳。赢一拳拿进一根，输一拳吐出一根。到了三根草归入了一人手中，这人得胜，便可拉过对方的手来打他十记手心。用自己的手来打别人的手，两人大家有些儿痛；但伴着兴味，痛也情愿了。

年幼的儿童也有一种猜拳的游戏法，叫做“呱呱啄蛀虫”。这方法更加简单，只要每人拿一根指头来一比，便见胜负。例如一人出大指，一人出食指，这局面叫做“老土地杀呱呱（即鸡）吃”。因为大指是代表老土地，食指是代表呱呱的。又如一人出中指，一人出无名指，这局面叫做“扁担打杀黄鼠狼”。因为中指是代表扁担，无名指是代表黄鼠狼的。又如一人出食指，一人出小指，这局面叫做“呱呱啄蛀虫”。因为小指是代表蛀虫的。这游戏法的名称即根据于此。其规则，每一指必有所克制的二指，同时又必有被克制的二指。即：“老土地杀呱呱吃"，"老土地踏杀蛀虫"；"呱呱啄蛀虫"，"呱呱飞过扁担"。"扁担打杀老土地"，"扁担打杀黄鼠狼"。"黄鼠狼放个屁，臭杀老土地"，"黄鼠狼拖呱呱"。"蛀虫蛀断扁担"，"蛀虫蛀断黄鼠狼脚跟"。所以五个手指的势力相均等，无须选择，玩时只要任意出一根指，全视机缘而定胜负。像这几天的长夏，户外晒着炎阳，出去玩不得，屋内又老是这样，没有一点玩具。日长如小年，四五六七岁的孩子吃了三餐饭无所事事，其"没心相"之苦难言。幸而手是现成生在身上的，不必费钱去买。两人坐在门槛上伸出指头来一比，兴味来了，欢笑声也来了。静寂的破屋子里忽然充满了生趣。

更有一种简单的猜拳玩法，流行于吾乡的幼儿间，手的形式只有三种，捏拳头表示"石头"，五指平伸表示"纸头"，伸食中二指表示"剪刀"。若一人出拳头，一人出食中二指，叫做"石头敲断剪刀"，前者赢。一共有三句口诀，其余的两句是"剪刀剪碎纸头"，"纸头包石头"。这玩法另有一种形式：以手加额，表示"洋鬼子"，以手加口做摸须状，表示"大老爷"，以食指点鼻表示"乡下人"，玩时先由两人一齐拍手三下，然后各做一种手势。若一人以食指点鼻，一人以手加口，叫做“乡下人怕大老爷”，后者胜。其余两句口诀是“大老爷怕洋鬼子”，“洋鬼子怕乡下人”。乡下人就是农民，大老爷就是县长，洋鬼子当然就是外国人。这三句口诀似是前时代——《官场现形记》或《二十年目睹之怪现状》的时代——遗留下来的。但是儿童们至今只管沿用着。听说儿童是预言者，童谣能够左右天下大势。或许他们的话不会错，现在社会还这般，或者未来的社会要做到这般。

近来看见儿童间流行着一种很可笑的徒手游戏，也是用五官为游戏工具的，但方法比前者巧妙。例如一人问：“眉毛在哪里？”另一人立刻伸手指着自己的鼻头答道：“耳朵在这里。”一人问：“眼睛在哪里？”另一人立刻伸手指着自己的耳朵答道：“嘴巴在这里。”……诸如此类，凡所指非所答，所答非所问的，才算不错。详言之，这游戏的规则，是须得所问，所指，所答，三者各不相关，方为得胜。若有关连，反而认为错误，算是输的。这游戏的滑稽味即在于此。顽皮的孩子，都会随机应变地做这种是非颠倒的玩意儿。正直的孩子玩时便常常要输，他们不能口是心非，不会假痴假呆，有时只学会了动作的虚伪：例如你问他“鼻头在哪里”，他便指着耳朵回答你说“鼻头在这里”，便是半错。有时只学会了言语的虚伪：例如你问他“眼睛在哪里”，他指着眼睛回答你说“耳朵在这里”。也是半错。最正直的孩子，一点也不会虚伪：你问他“耳朵在哪里”，他老老实实地指着耳朵回答你说“耳朵在这里”，那便是大错，而且大输了。我于此益信儿童是预言者，儿童的游戏有左右天下大势之力。现今的世间是非颠倒，已近于这游戏；未来的世间的是非也许可以完全同这游戏中的一样。

上述数种游戏都是用口和手指为工具。还有仅用手的动作的游戏与仅用口说话的游戏，更加简单。有一种互相打手心的游戏叫做“拍荞麦”。其法：二人相对同声拍手三下，作为拍子快慢的标准。第四下即由一二人各出右手互相一拍。第五下各自拍手，第六下二人各出左手互相一拍，余例推。总之，其方法是自拍一下，交拍一下，相间而进行。“噼啪噼啪”之声继续响下去，没有限制。谁的手心拍得痛了，宣告罢休，便是谁输。大家怕输而好胜。就大家不惜手掌，拼命地互相殴打。直到手掌拍得红肿而麻木了，方始罢休。孩子们的被私塾先生或小学教师打手心，好像已经上了瘾，不被打是难过的。所以在放学之后，或假期之中，没得被先生打，必须自己互相打一会手心来过过瘾。而且这种瘾头，到他们年纪长大时恐怕也不会断绝。有许多大人们欢喜被虐待，不受人虐待时便难过。他们也常在自己找寻方法来过被虐待狂的瘾，不过不取拍荞麦的形式罢了。不用手而仅用口的游戏法，如唱歌猜谜等皆是。然而唱歌需要练习，猜谜需要智力，在很小的孩子们嫌其程度太高。他们另有种种更简易的言语游戏法，像“夺三十”便是其一例。夺三十者，是两人竞夺一月的末日——三十日——的一种游戏。其法每人轮流说日子名目，以一日或两日为限。譬如甲儿说“初一初二”，乙儿便接上去说“初三”，甲儿再说“初四”，乙儿又说“初五初六”。总之，说一日或二日随便，但不能说三日或以上。说到后来，谁夺得“三十”，便是谁胜。大人们看来，在这游戏中得胜是很容易的，只要捉住三的倍数，最后的一日总是归你

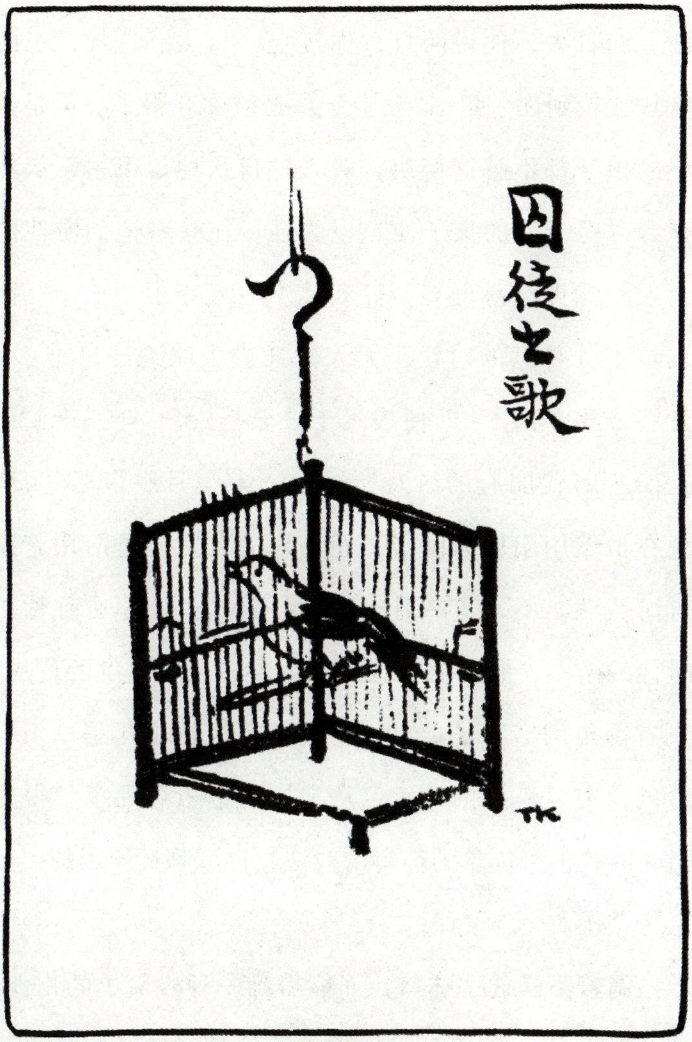

囚徒之歌

到手。换言之，开始说的人总是吃亏，他说一日，你接上两日去，他说两日，你接上一日去。这样，三的倍数常轮到你手里，“三十”总是被你夺得了。但是很小的孩子都不解这秘诀，两人都盲从地说下去，偶然夺到“三十”的孩子便自以为强。在旁看他们游戏的大人便觉得浅薄可笑。等到其中一人夺了“三十”而表示十分得意的时候，大人们插进去叫道“三十一！月底被我夺到了！”便表示十二分得意。“夺三十”原是旧历时代旧有的游戏法，以三十为月底最后一日。现在虽然用阳历为国历，但乡村的儿童还是沿用着旧有游戏法，不知道一月有三十一日。世间原有种种新时代的游戏，然都需要很复杂的设备，很高价的玩具，只有都市的富家子弟有福消受，乡村的小儿是享用不着的，穷乡僻处的儿童，从他们的老祖母那里学得些过去时代的极简单的徒口游戏法，也可聊解长闲的“没心相”了。

倘若不是徒手徒口，而能得到一种极简单的物件，怕“闲”的人们便会想出更巧妙的种种游戏法来。譬如夏天，几个没心相的儿童会集在一块，而大家手中拿着折扇的时候，他们便会把折扇当做玩具的代用品。男孩子大都欢喜模仿卖艺者的手技，把折扇抛起来，叫它在空中翻几个筋斗，仍旧落到手中。这就可以比较胜负：例如定三十个筋斗为满额，然后各人顺次轮流地抛扇子，计算筋斗的和数，先满三十者为胜。倘落地一次，以前所积的筋斗就全部作废，须得重新积受起来。这种玩法有江湖气和赌博气，女孩子就不甚欢喜弄。她们拿到扇子，自有一种较文雅的玩法，便是数扇骨。她们想出四个字，叫做“偷买拾送”。把扇骨一根一根地依照这四字数下去。数到末脚一根扇骨倘是“偷”字，便认定这扇子是偷来的，而和这扇的所有者相揶揄。余例推。有的人又加三个字，合成七字：“偷买拾送抢骗讨”，玩时花样更多。倘某人的扇子的骨数到“抢”字上完结，余人就都叫她“强盗！”

几个没心相的人倘会坐在桌旁，就可以利用桌子为玩具而做“拍七”的游戏。这是大人们也常弄的玩意儿。但年长的孩子们玩起来兴味更高。玩法：六七个人空手围坐在桌旁，其中一个人叫“一”，其邻席的人接着叫“二”，以下顺次周流地叫下去，轮到“七”

却不准叫，须得用手在桌缘的上面拍一下，以代替叫。他拍过之后，以下的人接着叫“八”“九”……到了“十四”又不准叫，须得用手在桌缘的下面向上拍一下，以代替叫。即前者“七”称为“明七”，须在桌缘上面拍；后者十四称为暗七，须在桌缘下面拍。以后凡“十七”“二十七”等皆是明七，轮到的人皆须向桌缘上面拍；“二十一”，“二十八”，“三十五”等皆是暗七，轮到的人皆须向桌缘下面拍。倘然不小心，轮到明暗七时叫了一声，其人便输；大人们以此赌酒，孩子们以此赌手心。叫错、拍错的人都得被打手心。但这玩法需要智力，没有学过算学的很小的孩子都不会玩，须得稍大的小学生方有玩的能力。且玩时叫的数目有限制，大概到七十为满。七十以上的暗七，为九九表所不载，大人们玩起来也觉太吃力了。曾经有位算学先生大奖励这个玩法，令儿童常常玩习。并且依此例推，添进“拍八”，“拍九”等同类的玩法来教他们做，说这是可以补助算学功课的。但是说也奇怪，被他这样一提倡，孩子们反而不欢喜玩，当做一种功课而勉强地实行了。

孩子们没心相起来，虽在废墟中，也能利用瓦砖为玩具而开始游戏。他们拾七粒小砖瓦，向阶沿石上磨一磨光，做成七只棋子模样，便以阶沿石为游戏场而“投七”了。投七之法先由一人用右手将七粒砖头随意撒散在阶沿上，然后选取其中一粒，向上抛起，趁这空的机会，向下摸取另一粒砖头，然后回过手来，接取上面落下来的那一粒。手中就拿着两粒砖头了。再把其中一粒向上抛起，乘机向下摸取一粒，回过手来接了上面落下来的一粒，于是手中就拿着三粒砖头了。这样抛过六次之后，七粒砖头全都在手。以上算是一番辛苦的工作，以后便是收获了。但收获不是完全享乐，仍须得费些气力来背出斤数来。即将七粒砖头从手心里全都抛起，立刻翻转手背来接。接住几粒，便是收获几斤。孩子们的手背是凸起的，大都不会全部接住，四斤、五斤，已算是丰收了。一人收获之后，把七粒砖头交与第二人，由他照样工作且收获。游戏者二人，三人，四人都可。预先议定三十斤为满，则轮流玩下去，先满三十的便是得胜。但规则很严：在工作中，倘接不住落下来的粒子，或在取子时带动了旁的粒子，其工作就失败，须得半途停工，把工具让给别人；而且以前收获所积蓄的斤数全部“烂光”。烂光，就是“作废”的意思。倘然满额的斤数定得很高，——例如五十斤为满，一百斤为满，这玩的工作就非常严重。到了功亏一篑的时候，尤加紧张。一不小心，就要遭逢“前功尽去”的不幸。其工作法也有种种，如上所述，一粒一粒地摸进手里去，是最简易的一法。更进步的，叫做“么二三”，就是第一次抛时摸取一粒，第二次抛时要摸取二粒，第三次抛时要摸取三粒。在这时候，撒子及撮子都要考虑。撒子时不可撒得太疏，亦不可撒得太密。太疏了，同时摸两粒三粒不易摸得到手；太密了，摸时容易带动旁的粒子。撮子时须考虑其余六子的位置，务使其余六子分做相当隔远的三堆，一粒做一堆，二粒做一堆，三粒做一堆，然后摸时可得便利。倘使撒得不巧，撮得不妥，玩这“么二三”时摸子就容易失败。少摸一粒，多摸一粒，或带动了旁的粒子，就前功尽去了。所以孩子们玩时个个抖擞精神，个个汗流满面。一切的“没心相”全被这手技竞争的兴味所打消了。

近来大旱，河底向天，农人无处踏水，对秋收已经绝望，生活反而空闲。孩子们本来只要相帮大人刈草，送饭，现在竟一无所事了。但春间收下来的蚕豆没有吃完，一时还不会饿死。在这坐以待毙的时期，笑也不成，哭也没用，只是这些悠长如小年的日子无法过去，“没心相”之苦真难禁受。就有种种简单的游戏发见在日暮途穷的乡村间。这好比囚徒已经被判死刑，而刑期未到。与其在牢中哭泣，倒不如大家寻些笑乐吧。都会里用自来水的人闻知乡间大旱，在其同情的想象中，大约以为农家的人一天到晚在那里号哭；或枕藉地在那里饿死了。其实不尽然，号哭的饿死的固然有，但闲着，笑着，玩着而待毙的也还不少。不过这种种玩笑与乐实比号哭与饿死更加悲惨！

素食以后

我素食至今已七年了，一向若无其事，也不想说什么话。这会大醒法师来信，要我写一篇“素食以后”，我就写些。

我看世间素食的人可分两种，一种是主动的，一种是被动的。我的素食是主动的。其原因，我承受先父的遗习，除了幼时吃过火腿以外，平生不知任何种鲜肉味，吃下鲜肉要呕吐。三十岁上，羡慕佛教徒的生活，便连一切荤不吃，并且戒酒。我的戒酒不及荤的自然：当时我每天喝两顿，每次绍兴酒一斤以上，突然不喝，生活上缺少了一种兴味，颇觉异样。但因为有更大的意志的要求，戒酒后另添了种生活兴味，就是持戒的兴味。在未戒酒时，白天若得喝两顿酒，晚上便会欢喜满足地就寝；在戒酒之后，白天若得持两回戒，晚上也会欢喜满足地就寝。性质不同，其为兴味则一。但不久我的戒酒就同除荤一样地若无其事。我对于“绿蚁新醅酒，红泥小火炉。晚来天欲雪，能饮一杯无？”一类的诗忽然失却了切身的兴味。但在另一类的诗中也获得了另一种切身的兴味。这种兴味若何？一言难尽，大约是“无花无酒过清明”野僧的萧然的兴味罢。

被动的素食，我看有三种：第一是一种营业僧的吃素。营业僧这个名词是我擅定的，就是指专为丧事人家诵经拜忏而每天赚大洋两角八分（或更多，或更少）的工资的和尚。这种和尚有的是颠沛流离生活无着而做和尚的，有的是幼时被穷困的父母以三块钱（或更多，或更少，不定）一岁卖给寺里做和尚的。大都不是自动地出家，因之其素食也被动。平时在寺庙里竟公开地吃荤酒，到丧事人家做法事，勉强地吃素；有许多地方风俗，最后一餐，丧事人家也必给和尚们吃荤。第二种是特殊时期的吃素，例如父母死了，子女在头七里吃素。孝思更重的在七七里吃素。又如近来浙东大旱，各处断屠，在断屠期内，大家忍耐着吃素。虽有真为孝思所感而弃绝荤腥的人，或真心求上苍感应而虔诚斋戒的人，但多数是被动的。第三种是穷人的吃素。穷人买米都成问题，有饭吃大事已定，遑论菜蔬？他们即有菜蔬，真个是“菜蔬”而已。现今乡村间这种人很多，出市，用三个铜板买一块红腐乳带回去，算是为全家办盛馔了。但他们何尝不想吃鱼肉？是穷困强迫他们的素食的。

世间自动的素食者少，被动的素食者多。而被动的原动力往往是灾祸或穷困。因此世间有一种人看素食一事是苦的，而看自动素食的人是异端的，神经病的，或竟是犯贱的，不合理的。

萧伯讷（萧伯纳）吃素，为他作传的赫理斯说他的作品中女性描写的失败是不吃肉的原故。我们非萧伯讷的人吃了素，也常常受人各种各样的反对和讥讽。

倘使羊识字

客人忙拦阻：“我今天吃素！”

低级的反对者，以为“吃长素”是迷信的老太婆的事，是消极的落伍的行为。较高级的反对者有两派，一是根据实利的，一是根据理论的。前者以为吃素营养不足，出门不便利。后者以为一滴水中有无数微生物，吃素的人都是掩耳盗铃，又以为动物的供食用合于天演淘汰之理，全世界人不食肉时禽兽将充斥世界为人祸害；而持杀戒者不杀害虫，尤为科学时代功利主义的信徒所反对。

对于低级的反对者和对于实利说的反对者，我都感谢他们的好意，并设法为他说明素食和我的关系。唯有对于浅薄的功利主义信徒的攻击似的反对我不屑置辩。逢到几个初出茅庐的新青年声势汹汹似地责问我“为什么不吃荤？”“为什么不杀害虫？”的时候，我也只有回答他说“不欢喜吃，所以不吃。”“不做除虫委员，所以不杀。”功利主义的信徒，把人世的一切看作商业买卖。我的素食不是营商，便受他们反对。素食之理趣对他们“不可说，不可说”。其实我并不劝大家素食。《护生画集》中的画，不过是我素食后的感想的造形的表现，看不看由你，看了感动不感动更非我所计较。我虽不劝大家素食，我国素食的人近来似乎日渐多起来了。天灾人祸交作，城市的富人为大旱断屠而素食，乡村的穷民为无钱买肉而素食。从前三餐肥鲜的人，现在只得吃青菜，豆腐了。从前“无肉不吃饭”的人现在几乎“无饭不吃肉”了。城乡各处盛行素食，“吾道不孤”，然而这不是我所盼望的。

闲居

闲居，在生活上人都说是不幸的，但在情趣上我觉得是最快适的了。假如国民政府新定一条法律："闲居必须整天禁锢在自己的房间里。"我也不愿出去干事，宁可闲居而被禁锢。

在房间里很可以自由取乐；如果把房间当作一幅画看的时候，其布置就如画的"置陈"了。譬如书房，主人的座位为全局的主眼，犹之一幅画中的 middle point（中心点），须居全幅中最重要的地位。其他自书架，几，椅，藤床，火炉，壁饰，自鸣钟，以至痰盂、纸簏等，各以主眼为中心而布置，使全局的焦点集中于主人的座位，犹之画中的附属物、背景，均须有护卫主物、显衬主物的作用。这样妥帖之后，人在里面，精神自然安定，集中，而快适。这是谁都懂得，谁都可以自由取乐的事。虽然有的人不讲究自己的房间的布置，然走进一间布置很妥帖的房间，一定谁也觉得快适。这可见人都会鉴赏，鉴赏就是被动的创作，故可说这是谁也懂得，谁也可以自由取乐的事。

我在贫乏而粗末的自己的书房里，常常欢喜作这个玩意儿。把几件粗陋的家具搬来搬去，一月中总要搬数回。搬到痰盂不能移动一寸，脸盆架子不能旋转一度的时候，便有很妥帖的位置出现了。那时候我自己坐在主眼的座上，环视上下四周，君临一切。觉得一切都朝宗于我，一切都为我尽其职司，如百官之朝天，众星之拱北辰。就是墙上一只很小的钉，望去也似乎居相当的位置，对全体为有机的一员，对我尽专任的职司。我统御这个天下，想像南面王的气概，得到几天的快适。

悟彼飞有适　知此罹忧患

有一次我闲居在自己的房间里，曾经对自鸣钟寻了一回开心。自鸣钟这个东西，在都会里差不多可说是无处不有，无人不备的了。然而它这张脸皮，我看惯了真讨厌得很。罗马字的还算好看；我房间里的一只，又是粗大的数学码子的。数学的九个字，我见了最头痛，谁愿意每天做数学呢！有一天，大概是闲日月中的闲日，我就从墙壁上请它下来，拿油画颜料把它的脸皮涂成天蓝色，在上面画几根绿的杨柳枝，又用硬的黑纸剪成两只飞燕，用浆糊黏住在两只针的尖头上。这样一来，就变成了两只燕子飞逐在杨柳中间的一幅圆额的油画了。凡在三点二十几分，八点三十几分等时候，画的构图就非常妥帖，因为两只飞燕适在全幅中稍偏的位置，而且追随在一块，画面就保住均衡了。辨识时间，没有数目字也是很容易的：针向上垂直为十二时，向下垂直为六时，向左水平为九时，向右水平为三时。这就是把圆周分为四个 quarter（一刻钟），是肉眼也很容易办到的事。一个 quarter 里面平分为三格，就得长针五分钟的距离了，这不十分容易正确，然相差至多不过一两分钟，只要不是天文台，电报局

燕子飞来枕上

或火车站里，人家家里上下一两分钟本来是不要紧的。倘眼睛锐利一点，看惯之后，其实半分钟也是可以分明辨出的。这自鸣钟现在还挂在我的房间里，虽然惯用之后不甚新颖了，然终不觉得讨厌，因为它在壁上不是显明的实用的一只自鸣钟，而可以冒充一幅油画。

除了空间以外，闲居的时候我又欢喜把一天的生活的情调来比方音乐。如果把一天的生活当作一个乐曲，其经过就像乐章（movement）的移行了。一天的早晨，晴雨如何？冷暖如何？人事的情形如何？犹之第一乐章的开始，先已奏出全曲的根柢的“主题”（theme）。一天的生活，例如事务的纷忙，意外的发生，祸福的临门，犹如曲中的长音阶变为短音阶的，C 调变为 F 调，adagio（柔板）变为 allegro（快板），其或昼永人闲，平安无事，那就像始终 C 调的 andante（行板）的长大的乐章了。以气候而论，春日是孟檀尔伸（Men delssohn），夏日是贝多芬（Beethoven），秋日是肖邦（Chopin）、舒曼（Schumann），冬日是修斐尔德（Schubert）。这也是谁也可以感到，谁也可以懂得的事。试看无论甚么机关里，团体里，做无论甚么事务的人，

余粮及鸡犬

在阴雨的天气，办事一定不及在晴天的起劲、高兴、积极。如果有不论天气，天天照常办事的人，这一定不是人，是一架机器。只要看挑到我们后门头来卖臭豆腐干的江北人，近来秋雨连日，他的叫声自然懒洋洋地低钝起来，远不如一月以前的炎阳下的“臭豆腐干！”的热辣了。

第二辑

山水间的生活

爱一物，是兼爱它的阴暗两方面。否，没有暗的明是不明的，是不可爱的。我往往觉得山水间的生活，因为需要不便而菜根更香，豆腐更肥。因为寂寥而邻人更亲。且勿论都会的生活与山水间的生活孰优孰劣，孰利孰弊。人生随处皆不满，欲图解脱，唯于艺术中求之。

山水间的生活

我家迁住白马湖上后三天，我在火车中遇见一个朋友，对我这样说：“山水间虽然清静，但物质的需要不便之外；住家不免寂寞，办学校不免闭门造车，有利亦有弊。”我当时对于这话就起一种感想，后来忙中就忘却了。

现在春晖在山水间已生活了近一年了，我的家庭在山水间已生活了一月多了。我对于山水间的生活，觉得有意义，又想起了火车中的友人的话。写出我的几种感想在下面。

我曾经住过上海，觉得上海住家，邻人都是不相往来，而且敌视的。我也曾做过上海的学校教师，觉得上海的繁华和文明，能使聪明的明白人得到暗示和觉悟，而使悟力薄弱的人收到很恶的影响。我觉得上海虽热闹，实在寂寞，山中虽冷静，实在热闹，不觉得寂寞。就是上海是骚扰的寂寞，山中是清静的热闹。

在火车里的几小时，是在这社会里四五十年的人生的缩图。座位被占，提包被偷等恐慌，就是生活恐慌的缩形。倘嫌山水间的生活的寂寞，而慕都会的热闹，犹之在只乘四五个相熟的人的火车里嫌寂寞，要望别的拥挤着的车子里去。如果有这样的人，他定是要描写拥挤的车子而去观察的小说家，否则是想图利去的 pickpocket（扒手）。

我在教授图画唱歌的时候，觉得以前曾在别处学过图画唱歌的人最难教授，全然没有学过的人容易指导。同样，我觉得在社会里最感到困难的是“因袭的打破难”。许多学校风潮，许多家庭悲剧，许多恶劣的人类分子，都是“因袭的罪恶”，何尝是人间本身的不良。

松间的音乐队

因袭好比遗传，永不断绝。新文化一次输入因袭旧恶的社会里，仿佛注些花露水在粪里，气味更难当。再输入一次，仿佛在这花露水和粪里再注入些香油，又变一种臭气。我觉得无论什么改造，非先除去因袭的恶弊终归越弄越坏。在山水间的学校和家庭，不拘何等孤僻，何等少见闻，何等寂寥，“因袭的传染的隔远”和“改造的容易入手”是实实在在的事实。

我从前往往听见人讲到子弟求学或职业等问题，都说：“总要出上海！”听者带着一种对于将来生活的恐慌的自警的态度默应着。把这等话的心理解剖起来，里面含着这样的几个要素：（一）上海确是文明地，冠盖之区，要路津。（二）少年应当策高足，先据这要路津。（三）这就是吾人应走的前途。所谓闭门造车，也是具有这样的内容的话。怀着这样的思想的人，是因袭的奴隶，是因袭的维持者。

闭门造车，是指说不符合门外的轨道的大小，造了不能在门外的轨道上运行的车。行车一定要在已成的轨道上吗？这已成的轨道确是引导我们走正路的吗？有了车不能造轨道的吗？在这“闭门造车”一句话里，

蝴蝶来仪

分明表示着人们的依赖、因袭，和创造力多么薄弱。

不造则已，如果要造车，一定非闭门造不可。如果依照已成的轨道而造，所造出的车子和以前已有的车子一样，就在已成的轨道上随波逐流地去了。即使已有的车子是好的，已成的轨道是正的，造车的效力也不过加多了车，不是造车的进步。何况已有的车子或者不好，已成的轨道或者不正呢。

“好久不到都会了，好久不看报了，退步了。”这样说的人也有。实在，进步是前进的意思，进步越快，离社会越远，离社会越远，进步越深（这是厨川白村说的）。子路说道：“吾过矣，吾离群而索居，亦已久矣。”这便是子路所以为子路。

“山水间生活，有利亦有弊”，这大概是指清静、空气新鲜、生活程度低……等是利。需要不便、寂寞、闭门造车……等是弊。这是要计较两方的利弊长短而取舍的意思。这话的内容和“新思想并不恶、时势变更了不得已而然的。但从前的习惯一概不好，也不能说”的话同是乡愿的话。

这话的变形，就是“凡物都有明暗两方面的”。这话固然不错。但我觉得明暗是一体的。非但如此，明是因为有暗而益明的。仿佛绘画，明调子因暗调子而益美，暗调子因明调子而也美了。断不是明面好，暗面不好。如果取明而弃暗。就是 Ruskin（罗斯金）所谓："自然像日光和阴影相交一般混合着优劣两种要素，使双方相互地供给效用和势力的。所以除去阴影的画家，定要在他自己造出来的无荫的沙漠里烧死！"

爱一物，是兼爱它的阴暗两方面。否，没有暗的明是不明的，是不可爱的。我往往觉得山水间的生活，因为需要不便而菜根更香，豆腐更肥。因为寂寥而邻人更亲。

且勿论都会的生活与山水间的生活孰优孰劣，孰利孰弊。人生随处皆不满，欲图解脱，唯于艺术中求之。

给我的孩子们

我的孩子们！我憧憬于你们的生活，每天不止一次！我想委曲地说出来，使你们自己晓得。可惜到你们懂得我的话的意思的时候，你们将不复是可以使我憧憬的人了。这是何等可悲哀的事啊！

瞻瞻！你尤其可佩服。你是身心全部公开的真人。你甚么事体都象拼命地用全副精力去对付。小小的失意，像花生米翻落地了，自己嚼了舌头了，小猫不肯吃糕了，你都要哭得嘴唇翻白，昏去一两分钟。外婆普陀去烧香买回来给你的泥人，你何等鞠躬尽瘁地抱他，喂他；有一天你自己失手把他打破了，你的号哭的悲哀，比大人们的破产、失恋、broken heart，丧考妣、全军覆没的悲哀都要真切。两把芭蕉扇做的脚踏车，麻雀牌堆成的火车、汽车，你何等认真地看待，挺直了嗓子叫“汪——”“咕咕咕……”，来代替汽油。

宝姊姊讲故事给你听，说到“月亮姊姊挂下一只篮来，宝姊姊坐在篮里吊了上去，瞻瞻在下面看”的时候，你何等激昂地同她争，说“瞻瞻要上去，宝姊姊在下面看！”甚至哭到漫姑面前去求审判。我每次剃了头，你真心地疑我变了和尚，好几时不要我抱。最是今年夏天，你坐在我膝上发见了我腋下的长毛，当作黄鼠狼的时候，你何等伤心，你立刻从我身上爬下去，起初眼瞪瞪地对我端相，继而大失所望地号哭，看看，哭哭，如同对被判定了死罪的亲友一样。你要我抱你到车站里去，多多益善地要买香蕉，满满地擒了两手回来，回到门口时你已经熟睡在我的肩上，手里的香蕉不知落在哪里去了。这是何等可佩服的真率、自然与热情！大人间的所谓“沉默”、“含蓄”、“深刻”的美德，比起你来，全是不自然的、病的、伪的！

你们每天做火车，做汽车，办酒，请菩萨，堆六面画，唱歌，全是自动的，创造创作的生活。大人们的呼号“归自然！”“生活的艺术化！”“劳动的艺术化！”在你们面前真是出丑得很了！依样画几笔画，写几篇文的人称为艺术家、创作家，对你们更要愧死！你们的创作力，比大人真是强盛得多哩：瞻瞻！你的身体不及椅子的一半，却常常要搬动它，与它一同翻倒在地上；你又要把一杯茶横转来藏在抽斗里，要皮球停在壁上，要拉住火车的尾巴，要月亮出来，要天停止下雨。在这等小小的事件中，明明表示着你们的弱小的体力与智力不足以应付强盛的创作欲、表现欲的驱使，因而遭逢失败。然而你们是不受大自然的支配，不受人类社会的束缚的创造者，所以你的遭逢失败，例如火车尾巴拉不住，月亮呼不出来的时候，你们决不承认是事实的不可能，总以为是爹爹妈妈不肯帮你们办到，同不许你们弄自鸣钟同例，所以愤愤地哭了，你们的世界何等广大！

你们一定想：终天无聊地伏在案上弄笔的爸爸，终

儿戏　其一

天闷闷地坐在窗下弄引线的妈妈，是何等无气性的奇怪的动物！你们所视为奇怪动物的我与你们的母亲，有时确实难为了你们，摧残了你们，回想起来，真是不安心得很！

阿宝！有一晚你拿软软的新鞋子，和自己脚上脱下来的鞋子，给凳子的脚穿了，划袜立在地上，得意地叫“阿宝两只脚，凳子四只脚”的时候，你母亲喊着“龌龊了袜子！”立刻擒你到藤榻上，动手毁坏你的创作。当你蹲在榻上注视你母亲动手毁坏的时候，你的小心里一定感到“母亲这种人，何等杀风景而野蛮”罢！

瞻瞻！有一天开明书店送了几册新出版的毛边的《音乐入门》来。我用小刀把书页一张一张地裁开来，你侧着头，站在桌边默默地看。后来我从学校回来，你已经在我的书架上拿了一本连史纸印的中国装的《楚辞》，把它裁破了十几页，得意地对我说：“爸爸！瞻瞻也会裁了！”瞻瞻！这在你原是何等成功的欢喜，何等得意的作品！却被我一个惊骇的“哼！”字喊得你哭了。那时候你也一定抱怨“爸爸何等不明”罢！

儿戏　其二

软软！你常常要弄我的长锋羊毫，我看见了总是无情地夺脱你。现在你一定轻视我，想道："你终于要我画你的画集的封面！"

最不安心的，是有时我还要拉一个你们所最怕的陆露沙医生来，教他用他的大手来摸你们的肚子，甚至用刀来在你们臂上割几下，还要教妈妈和漫姑擒住了你们的手脚，捏住了你们的鼻子，把很苦的水灌到你们的嘴里去。这在你们一定认为是太无人道的野蛮举动罢！

孩子们！你们果真抱怨我，我倒欢喜；到你们的抱怨变为感激的时候，我的悲哀来了！我在世间，永没有逢到像你们这样出肺肝相示的人。世间的人群结合，永没有像你们样的彻底地真实而纯洁。最是我到上海去干了无聊的所谓"事"回来，或者去同不相干的人们做了叫做"上课"的一种把戏回来，你们在门口或车站旁等我的时候，我心中何等惭愧又欢喜！惭愧我为甚么去做这等无聊的事，欢喜我又得暂时放怀一切地加入你们的真生活的团体。但是，你们的黄金时代有限，现实终于要暴露的。这是我经验过来的情形，也是大人们谁也经验过的情形。我眼看见儿时的伴侣中的英雄、好汉，一个个退缩、顺从、妥协、屈服起来，到像绵羊的地步。我自己也是如此。“后之视今，亦犹今之视昔”，你们不久也要走这条路呢！

我的孩子们！憧憬于你们的生活的我，痴心要为你们永远挽留这黄金时代在这册子里。然这真不过像“蜘蛛网落花”，略微保留一点春的痕迹而已。且到你们懂得我这片心情的时候，你们早已不是这样的人，我的画在世间已无可印证了！这是何等可悲哀的事啊！

儿女

回想四个月以前，我犹似押送囚犯，突然地把小燕子似的一群儿女从上海的租寓中拖出，载上火车，送回乡间，关进低小的平屋中。自己仍回到上海的租界中，独居了四个月。这举动究竟出于什么旨意，本于什么计划，现在回想起来，连自己也不相信。其实旨意与计划，都是虚空的，自骗，自扰的，实际于人生有什么利益呢？只赢得世故尘劳，做弄几番欢愁的感情，增加心头的创痕罢了！

当时我独自回到上海，走进空寂的租寓，心中不绝地浮起这两句《楞严》的经文："十方虚空在汝心中，犹如白云点太清里；况诸世界在虚空耶！"

晚上整理房室，把剩在灶间里的篮钵、器皿、余薪、余米，以及其他三年来寓居中所用的家常零星物件，尽行送给来帮我做短工的，邻近的小店里的儿子。只有四双破旧的小孩子的鞋子（不知为什么缘故），我不送掉，拿来整齐地摆在自己的床下，而且后来看到的时候常常感到一种无名的愉快。直到好几天之后，邻居的友人过来闲谈，说起这床下的小鞋子阴气迫人，我方始悟到自己的痴态，就把它们拿掉了。

朋友们说我关心儿女。我对于儿女的确关心，在独居中更常有悬念的时候。但我自以为这关心与悬念中，除了本能以外，似乎尚含有一种更强的加味。所以我往往不顾自己的画技与文笔的拙陋，动辄描摹。因为我的儿女都是孩子们，最年长的不过九岁，所以我对于儿女的关心与悬念中，有一部分是对于孩子们——普天下的孩子们——的关心与悬念。他们成人以后我对他们怎样？现在自己也不能晓得，但可推知其一定与现在不同，因为不复含有那种加味了。

回想过去四个月的悠闲宁静的独居生活，在我也颇觉得可恋，又可感谢。然而一旦回到故乡的平屋里，被围在一群儿女的中间的时候，我又不禁自伤了。因为我那种生活，或枯坐，默想，或钻研，搜求，或敷衍，应酬，比较起他们的天真，健全，活跃的生活来，明明是变态的，病的，残废的。

有一个炎夏的下午，我回到家中了。第二天的傍晚，我领了四个孩子——九岁的阿宝、七岁的软软、五岁的瞻瞻、三岁的阿韦——到小院中的槐荫下，坐在地上吃西瓜。夕暮的紫色中，炎阳的红味渐渐消减，凉夜的青味渐渐加浓起来。微风吹动孩子们的细丝一般的头发，身体上汗气已经全消，百感畅快的时候，孩子们似乎已经充溢着生的欢喜，非发泄不可了。最初是三岁的孩子的音乐的表现，他满足之余，笑嘻嘻摇摆着身子，口中一面嚼西瓜，一面发出一种像花猫偷食时候的“ngam、ngam”的声音来。这音乐的表现立刻唤起了五岁的瞻瞻的共鸣，他接着发表他的诗：“瞻瞻吃西瓜，宝姐姐吃西瓜，软软吃西瓜，阿韦吃西

母之羽

瓜。”这诗的表现又立刻引起了七岁与九岁的孩子的散文的、数学的兴味：他们立刻把瞻瞻的诗句的意义归纳起来，报告其结果：“四个人吃四块西瓜。”

于是我就做了评判者，在自己心中批判他们的作品。我觉得三岁的阿韦的音乐的表现最为深刻而完全，最能全般表出他的欢喜的感情。五岁的瞻瞻把这欢喜的感情翻译为（他的）诗，已打了一个折扣；然尚带着节奏与旋律的分子，犹有活跃的生命流露着。至于软软与阿宝的散文的、数学的、概念的表现，比较起来更肤浅一层。然而看他们的态度，全部精神投入在吃西瓜的一事中，其明慧的心眼，比大人们所见的完全得多。天地间最健全的心眼，只是孩子们的所有物，世间事物的真相，只有孩子们能最明确、最完全地见到。我比起他们来，真的心眼已经被世智尘劳所蒙蔽，所斫丧，是一个可怜的残废者了。我实在不敢受他们“父亲”的称呼，倘然“父亲”是尊崇的。

我在平屋的南窗下暂设一张小桌子，上面按照一定的秩序而布置着稿纸、信箧、笔砚、墨水瓶、浆糊瓶、时表和茶盘等，不喜欢别人来任意移动，这是我

“吾儿?!”

独居时的惯癖。我——我们大人——平常的举止，总是谨慎，细心，端详，斯文。例如磨墨，放笔，倒茶等，都小心从事，故桌上的布置每日依然，不致破坏或扰乱。因为我的手足的筋觉已经由于屡受物理的教训而深深地养成一种谨惕的惯性了。然而孩子们一爬到我的案上，就捣乱我的秩序，破坏我的桌上的构图，毁损我的器物。他们拿起自来水笔来一挥，洒了一桌子又一衣襟的墨水点；又把笔尖蘸在浆糊瓶里。他们用劲拔开毛笔的铜笔套，手背撞翻茶壶，壶盖打碎在地板上……这在当时实在使我不耐烦，我不免哼喝他们，夺脱他们手里的东西，甚至批他们的小颊。然而我立刻后悔：哼喝之后立刻继之以笑，夺了之后立刻加倍奉还，批颊的手在中途软却，终于变批为抚。因为我立刻自悟其非：我要求孩子们的举止同我自己一样，何其乖谬！我——我们大人——的举止谨惕，是为了身体手足的筋觉已经受了种种现实的压迫而痉挛了的缘故。孩子们尚保有天赋的健全的身手与真朴活跃的元气，岂像我们的穷屈？揖让，进退，规行，矩步等大人们的礼貌，犹如刑具，都是戕贼这天赋的健全的身手的。于是活跃的人逐渐变成了手足麻痹，半身不遂的残废者。残废者要求健全者的举止同他自己一样，何其乖谬！

儿女对我的关系如何？我不曾预备到这世间来做父亲，故心中常是疑惑不明，又觉得非常奇怪。我与他们（现在）完全是异世界的人，他们比我聪明，健全得多；然而他们又是我所生的儿女。这是何等奇妙的关系！世人以膝下有儿女为幸福，希望以儿女永续其自我，我实在不解他们的心理。我以为世间人与人的关系，最自然最合理的莫如朋友。君臣，父子，昆弟，夫妇之情，在十分自然合理的时候都不外乎是一种广义的友谊。所以朋友之情，实在是一切人情的基础。“朋，同类也。”并育于大地上的人，都是同类的朋友，共为大自然的儿女。世间的人，忘却了他们的大父母，而只知有小父母，以为父母能生儿女，儿女为父母所生，故儿女可以永续父母的自我，而使之永存。于是无子者叹天道之无知，子不肖者自伤其天命，而狂进杯中之物，其实天道有何厚薄于其齐生并育的儿女！我真不解他们的心理。

近来我的心为四事所占据了：天上的神明与星辰，人间的艺术与儿童，这小燕子似的一群儿女，是在人世间与我因缘最深的儿童，他们在我心中占有与神明，星辰，艺术同等的地位。

家

从南京的朋友家里回到南京的旅馆里，又从南京的旅馆里回到杭州的别寓里，又从杭州的别寓里回到石门湾的缘缘堂本宅里，每次起一种感想，逐记如下。

当在南京的朋友家里的时候，我很高兴。因为主人是我的老朋友。我们在少年时代曾经共数晨夕。后来为生活而劳燕分飞，虽然大家形骸老了些，心情冷了些，态度板了些，说话空了些，然而心的底里的一点灵火大家还保存着，常在谈话之中互相露示。这使得我们的会晤异常亲热。加之主人的物质生活程度的高低同我的相仿佛，家庭设备也同我的相类似。我平日所需要的：一毛大洋一两的茶叶，听头的大美丽香烟，有人供给开水的热水壶，随手可取的牙签，适体的藤椅，光度恰好的小窗，他家里都有，使我坐在他的书房里感觉同坐在自己的书房里相似。加之他的夫人善于招待，对于客人表示真诚的殷勤，而绝无优待的虐待。优待的虐待，是我在作客中常常受到而顶顶可怕的。例如拿了不到半寸长的火柴来为我点香烟，弄得大家仓皇失措，我的胡须几被烧去；把我所不欢喜吃的菜蔬堆在我的饭碗上，使我无法下箸；强夺我的饭碗去添饭，使我吃得停食；藏过我的行囊，使我不得告辞。这种招待，即使出于诚意，在我认为是逐客令，统称之为优待的虐待。这回我所住的人家的夫人，全无此种恶习，但把不缺乏的香烟自来火放在你能自由取得的地方而并不用自来火烧你的胡须；但把精致的菜蔬摆在你能自由挟取的地方，饭桶摆在你能自由添取的地方，而并不勉强你吃；但在你告辞的时光表示诚意的挽留，而并不监禁。这在我认为是最诚意的优

秋来见月多归思　晓起开笼放鹁鸽

待。这使得我非常高兴。英语称勿客气曰 at home。我在这主人家里作客，真同 at home 一样。所以非常高兴。

然而这究竟不是我的 home，饭后谈了一会，我惦记起我的旅馆来。我在旅馆，可以自由行住坐卧，可以自由差使我的茶房，可以凭法币之力而自由满足我的要求。比较起受主人家款待的作客生活来，究竟更为自由。我在旅馆要住四五天，比较起一饭就告别的作客生活来，究竟更为永久。因此，主人的书房的屋里虽然布置妥贴，主人的招待虽然殷勤周至，但在我总觉得不安心。所谓“凉亭虽好，不是久居之所”。饭后谈了一会。我就告别回家。这所谓“家”，就是我的旅馆。

当我从朋友家回到了旅馆里的时候，觉得很适意。因为这旅馆在各点上是称我心的。第一，它的价钱还便宜，没有大规模的笨相，像形式丑恶而不适坐卧的红木椅，花样难看而火气十足的铜床，工本浩大而不合实用、不堪入目的工艺品，我统称之为大规模的笨相。造出这种笨相来的人，头脑和眼光很短小，而法币很多。像暴发的富翁，无知的巨商，升官发财的军阀，即是其例。要看这种笨相，可以访问他们的家。我的旅馆价既便宜，其设备当然不丰。即使也有笨相——像家具形式的丑恶，房间布置的不妥，壁上装饰的唐突，茶壶茶杯的不可爱——都是小规模的笨相，比较起大规模的笨相来，犹似五十步比百步，终究差好些，至少不使人感觉暴殄天物，冤哉枉也。第二，我的茶房很老实，我回旅馆时不给我脱外衣，我洗面时不给我绞手巾，我吸香烟时不给我擦自来火，我叫他做事时不喊“是——是——”，这使我觉得很自由，起居生活同在家里相差不多。因为我家里也有这么老实的一位男工，我就不妨把茶房当作自己的工人。第三，住在旅馆里没有人招待，一切行动都随我意。出门不必对人鞠躬说“再会”，归来也没有人同我寒暄。早晨起来不必向人道“早安”，晚上就寝的迟早也不受别人的牵累。在朋友家作客，虽然也很安乐，总不及住旅馆的自由：看见他家里的人，总得想出几句话来说说，不好不去睬他。脸孔上即使不必硬作笑容，也总要装得和悦一点，不好对他们板脸孔。板脸孔，好像是一种凶相。但我觉得是最自在最舒服的一种表情。我自己觉得，平日独自闭居在家里的房间里读书，写作的时候，脸孔的表情总是严肃的，极难得有独笑或独乐的时光。若拿这种独居时的表情移用在交际应酬的座上，别人一定当我有所不快，在板脸孔。据我推想，这一定不止我一人如此。最漂亮的交际家，巧言令色之徒，回到自己家里，或房间里，甚或眠床里，也许要用双手揉一揉脸孔，恢复颜面上的表情筋肉的疲劳，然后板着脸孔皱着眉头回想日间的事，考虑明日的战略。可知无论何人，交际应酬中的脸孔多少总有些不自然，其表情筋肉多少总有些儿吃力。最自然，最舒服的，只有板着脸孔独居的时候。所以，我在孤癖发作的时候，觉得住旅馆比在朋友家作客更自在而舒服。

然而，旅馆究竟不是我的家，住了几天，我惦记起我杭州的别寓来。在那里有我自己的什用器物，有我自己的书籍文具，还有我自己雇请着的工人。比较起借用旅馆的器物，对付旅馆的茶房来，究竟更为自由；比较起小住四五天就离去的旅馆生活来，究竟更为永久。因此，我睡在旅馆的眠床上似觉有些浮动；坐在旅馆的椅子上似觉有些不稳；用旅馆的毛巾似觉有些

思乡之歌

隔膜。虽然这房间的主权完全属我，我的心底里总有些儿不安。住了四五天，我就算帐回家。这所谓家，就是我的别寓。

当我从南京的旅馆回到了杭州的别寓里的时候，觉得很自在。我年来在故乡的家里蛰居太久，环境看得厌了，趣味枯乏，心情郁结。就到离家乡还近而花样较多的杭州来暂作一下寓公，藉此改换环境，调节趣味。趣味，在我是生活上一种重要的养料，其重要几近于面包。别人都在为了获得面包而牺牲趣味，或者为了堆积法币而抑制趣味。我现在幸而没有走上这两种行径，还可省下半只面包来换得一点趣味。

因此，这寓所犹似我的第二的家。在这里没有作客时的拘束，也没有住旅馆时的不安心。我可以吩咐我的工人做点我所喜欢的家常素菜，夜饭时间放学归来的一子一女共吃。我可以叫我的工人相帮我，把房间的布置改过一下，新一新气象。饭后睡前，我可以开一开蓄音机，听听新买来的几张蓄音片。窗前灯下，我可以在自己的书桌上读我所爱读的书，写我所愿写的稿。月底虽然也要付房钱，但价目远不似旅馆这么贵，买卖式远不及旅馆这么明显。虽然也可以合算每天房钱几角几分。但因每月一付，相隔时间太长，住房子同付房钱就好像不相联关的两件事，或者房钱仿佛白付，而房子仿佛白住。因有此种种情形，我从旅馆回到寓中觉得非常自然。

然而，寓所究竟不是我的本宅。每逢起了倦游的心情的时候，我便惦记起故乡的缘缘堂来。在那里有我故乡的环境，有我关切的亲友，有我自己的房子，有我自己的书斋，有我手种的芭蕉、樱桃和葡萄。比较起租别人的房子，使用简单的器具来，究竟更为自由；比较起暂作借住，随时可以解租的寓公生活来，究竟更为永久。我在寓中每逢要在房屋上略加装修，就觉得要考虑；每逢要在庭中种些植物，也觉得不安心，因而思念起故乡的家来。牺牲这些装修和植物，倒还在其次。能否长久享用这些设备，却是我所顾虑的。我睡在寓中的床上虽然没有感觉像旅馆里那样浮动，坐在寓中的椅上虽然没有感觉像旅馆里那样不稳，但觉得这些家具在寓中只是摆在地板上的，没有像家里的东西那样固定得同生根一般。这种倦游的心情强盛起来，我就离寓返家。这所谓家，才是我的本宅。

当我从别寓回到了本宅的时候，觉得很安心。主人回来了，芭蕉鞠躬，樱桃点头，葡萄棚上特地飘下几张叶子来表示欢迎。两个小儿女跑来牵我的衣，老仆忙着打扫房间。老妻忙着烧素菜，故乡的臭豆腐干，故乡的冬菜，故乡的红米饭。窗外有故乡的天空，门外有打着石门湾土白的行人，这些行人差不多个个是认识的。还有各种负贩的叫卖声，这些叫卖声在我统统是稔熟的。我仿佛从飘摇的舟中登上了陆，如今脚踏实地了。这里是我的最自由，最永久的本宅，我的归宿之处，我的家。我从寓中回到家中，觉得非常安心。

但到了夜深人静，我躺在床上回味上述的种种感想的时候，又不安心起来。我觉得这里仍不是我的真的本宅，仍不是我的真的归宿之处，仍不是我的真的家。四大的暂时结合而形成我这身体，无始以来种种因缘相凑合而使我诞生在这地方。偶然的呢？还是非偶然的？若是偶然的，我又何恋恋于这虚幻的身和地？若是非偶然的，谁是造物主呢？我须得寻着了他，向他那里去找求我的真的本宅，真的归宿之处，真的家。这样一想，我现在是负着四大暂时结合的躯壳，而在无始以来种种因缘凑合而成的地方暂住，我是无“家”可归的。既然无“家”可归，就不妨到处为“家”。上述的屡次的不安心，都是我的妄念所生。想到那里，我很安心地睡着了。

新年怀旧

我似觉有二十多年不逢着“新年”了。因为近二十多年来，我所逢着的新年，大都不像“新年”。每逢年底，我未尝不热心地盼待“新年”的来到；但到了新年，往往大失所望，觉得这不是我所盼待的“新年”。我所盼待的“新年”似乎另外存在着，将来总有一天会来到的。再过半个月，新年又将来临。料想它又是不像“新年”的，也无心盼待了。且回想过去吧。

我所认为像“新年”的新年，只有二十多年前，我幼时所逢到的几个“新年”。近二十多年来，我每逢新年，全靠对它们的回忆，在心中勉强造出些“新年”似的情趣来，聊以自慰。回忆的力一年一年地薄弱起来。现在若不记录一些，恐怕将来的新年，连这点聊以自慰的空欢也没有了。

当阳历还被看作“洋历”，阴历独裁地支配着时间的时代，新年真是一个极盛大的欢乐时节！一切空气温暖而和平，一切人公然地嬉戏。没有一个人不穿新衣服，没有一个人不是新剃头。尤其是我，正当童年时代，不知众苦，但有一切乐。我的新年的欢乐，始于新年的 eve（前夕）。

大年夜的年夜饭，我故意不吃饱。留些肚皮，用以享受夜间游乐中的小食，半夜里的暖锅，和后半夜的接灶圆子。吃过夜饭，店里的柜台上就点着一对红蜡烛，一只风灯。红蜡烛是岁烛，风灯是供给往来的收帐人看帐目用的。从黄昏起，直至黎明，街上携着灯笼收帐的人络续不绝。来我们店里收帐的人，最初上门来，约在黄昏时，谈了些寒暄，把帐簿展开来看一看，大约有多少，假如看见管帐先生不拿出钱来，他们会很客气地说一声“等一会儿再算”，就告辞。第二次来，约在半夜时。这会拿过算盘来，确实地决算一下，打了一个折扣，再在算盘上摸脱了零头，得到一个该付的实数。倘我们的管帐先生因为自己的店帐没有收齐，回报他们说，“再等一会儿付款”，收帐的人也会很客气地满口答允，提了灯笼又去了。第三次来时，约在后半夜。有的收清帐款，有的反而把旧欠放弃不收，说道“带点老亲”。于是大家说着“开年会”，很客气地相别。我们的收帐员，也提了灯笼，向别家去演同样的把戏，直到后半夜或黎明方才收清。这在我这样的孩子们看来，真是一年一度的难得的热闹。平日天一黑就关门，这一天通夜开放，灯火满街。我们但见一班灯笼进，一班灯笼出，店堂里充满着笑语和客气话。心中着实希望着帐款不要立刻付清，因此延长一点夜的闹热。

在前半夜，我常常跟了我们店里的收帐员，向各店收帐。每次不过是看一看数目，难得收到钱。但遍访各店，在我是一种趣味。他们有的在那里请年菩萨，有的在那里准备过新年。还有的已经把年夜当作新年，

萧然的除夜

在那里掷散子，欢呼声充满了店堂的里面。有的认识我是小老板，还要拿本店的本产货的食物送给我吃，表示亲善。我吃饱了东西回到家里，里面别是一番热闹：堂前点着岁烛和保险灯。灶间里拥着大批人看放谷花。放的人一手把糯米谷撒进镬子里去，一手拿着一把稻草不绝地在镬子底上撩动。那些糯米谷得了热气，起初“拍，拍”地爆响，后来米脱出了谷皮，渐渐膨胀起来，终于放得像朵朵梅花一样。这些梅花在环视者的欢呼声中出了镬子，就被拿到厅上的桌子上去挑选。保险灯光下的八仙桌，中央堆了一大堆谷花，四周围着张开笑口的男女老幼许多人。你一堆，我一堆，大家竞把砻糠剔去，拣出纯白的谷花来，放在一只竹篮里，预备新年里泡糖茶请客人吃。我也参加在这人丛中，但我的任务不是拣而是吃。那白而肥的谷花，又香又燥，比炒米更松，比蛋片更脆，又是一年中难得尝到的异味。等到拣好了谷花，端出暖锅来吃半夜饭的时候，我的肚子已经装饱，只为着吃后的“毛草纸揩嘴”的兴味，勉强凑在桌上。所谓“毛草纸揩嘴”，是每年年夜例行的一种习惯。吃过年夜饭，家里的母亲乘孩子们不备拿出预先准备着的老毛草纸向孩子们口上揩抹。其意思是把嘴当作屁眼，这一年里即使有不吉利的话出口，也等于放屁，不会影响事实。但孩子们何尝懂得这番苦心？我们只是对于这种恶戏发生兴味，便模仿母亲，到毛厕间里去拿张草纸来，公然地向同辈，甚至长辈的嘴上去乱擦。被擦者决不忿怒，只是掩口而笑，或者笑着逃走。于是我们擎起草纸，向后面追赶。不期正在追赶的时候，自己的嘴却被第三者用草纸揩过了。于是满堂哄起热闹的笑声。

夜半过后在时序上已经是新年了；但在习惯上，这五六个小时还算是旧年。我们于后半夜结伴出门，各种商店统统开着，街上行人不绝，收帐的还是提着灯笼幢幢来往。但在一方面，烧头香的善男信女，已经携着香烛向寺庙巡礼了。我们跟着收帐的，跟着烧香的，向全镇乱跑。直到肚子跑饿，天将向晓，然后回到家里来吃了接灶圆子，怀着了明朝的大欢乐的希望而酣然就睡。

元旦日，起身大家迟。吃过谷花糖茶，白日的乐事，是带了去年底预先积存着的零用钱，压岁钱，和客人们给的糕饼钱，约伴到街上去吃烧卖。我上街的本意不在吃烧卖，却在花纸儿和玩具上。我记得，似乎每年有几张新鲜的花纸儿给我到手。拿回家来摊在八仙桌上，引得老幼人人笑口皆开。晏晏地吃过了隔年烧好的菜和饭，下午的兴事是敲年锣鼓。镇上备有锣鼓的人家不很多，但是各坊都有一二处。我家也有一副，是我的欢喜及时行乐的祖母所置备的。平日深藏在后楼，每逢新年，拿到店堂里来供人演奏。元旦的下午，大街小巷，鼓乐之声遥遥相应。现在回想，这种鼓乐最宜用为太平盛世的点缀。丝竹管弦之音固然幽雅，但其性质宜于少数人的清赏，非大众的。最富有大众性的乐器，莫如打乐（打击乐器）。俗语云："锣鼓响，脚底痒。"因为这是最富有对大众的号召力的乐器。打乐之中，除大锣鼓外，还有小锣，班鼓，檀板，大铙钹，小铙钹等，都是不能演奏旋律的乐器。因此奏法也很简单，只是同样的节奏的反复，不过在轻重缓急之中加以变化而已。像我，十来岁的孩子，略略受人指导也能自由地参加新年的鼓乐演奏。一切音乐学习，无如这种打乐之容易速成者。这大概也是完成

团 圞

其大众性的一种条件吧。这种浩荡的音节，都是暗示昂奋的、华丽的、盛大的。在近处听这种音节时，听者的心会忙着和它共鸣，无暇顾到他事。好静的人所以讨厌打乐，也是为此。从远处听这种音节，似觉远方举行着热闹的盛会，不由你的心不向往。好群的人所以要脚底痒者，也正是为此。试想：我们一个数百户的小镇同时响出好几处的浩荡的鼓乐来，云中的仙人听到了，也不得不羡慕我们这班盛世黎民的欢乐呢。

新年的晚上，我们又可从花炮享受种种的眼福。最好看的是放万花筒。这往往是大人们发起而孩子们热烈赞成的。大人们一到新年，似乎袋里有的都是闲钱。逸兴到时，斥两百文购大万花筒三个，摆在河岸一齐放将起来。河水反照着，映成六株开满银花的火树。这般光景真像美丽的梦境。东岸上放万花筒，西岸上的豪侠少年岂肯袖手旁观呢？势必响应，在对岸上也放起一套来。继续起来的就变花样。或者高高地放几十个流星到天空中，更引起远处的响应；或者放无数雪炮，隔河作战。闪光满目，欢呼之声盈耳，火药的香气弥漫在夜天的空气中。当这时候，全镇的男女老幼，大家一致兴奋地追求欢乐，似乎他们都是以游戏为职业的。独有爆竹业的人，工作特别多忙。一新年中，全镇上此项消费为数不小呢：送灶过年，接灶，接财神，安灶……每次斋神，每家总要放四个斤炮，数百鞭炮。此外万花筒、流星、雪炮等观赏的消耗，更无限制。我的邻家是业爆竹的。我幼时对于爆竹店，比其余一切地方都亲近。自年关附近至新年完了，差不多每天要访问爆竹店一次。这原是孩子们的通好，不过我特别热心。我曾把鞭炮拆散来，改制成无数的小万花筒，其法将底下的泥挖出，将头上的引火线拔下来插入泥孔中，倒置在水槽边上燃放起来，宛如新年夜河岸上的光景。虽然简陋，但神游其中，不妨想象得比河岸上的光景更加壮丽。这种火的游戏只限于新年内举行，平日是不被许可的。因此火药气与新年，在我的感觉上有不可分离的关联。到现在，偶尔闻到火药气时，我还能立刻联想到新年及儿时的欢乐呢。

二十多年来，我或为负笈，或为糊口，频频离开故乡。上述的种种新年的点缀，在这二十多年间无形无迹地渐渐消灭起来。等到最近数年前我重归故乡息足的时候，万事皆非昔比，新年已不像“新年”了。第一，经济衰落与农村破产凋敝了全镇的商业。使商店难以立足，不敢放帐，年夜里早已没有携了灯笼幢幢往来收帐的必要了。第二，阴历与阳历的并存扰乱了新年的定标，模糊了新年的存在。阳历新年多数人没有娱乐的勇气，阴历新年又失了娱乐的正当性，于是索性废止娱乐。我们可说每年得逢两度新年，但也可说一度也没有逢，似乎新年也被废止了。第三，多数的人生活局促，衣食且不给，遑论新年与娱乐？故现在的除夜，大家早早关门睡觉，几与平日无异。现在的新年，难得再闻鼓乐之声。现在的爆竹店，只卖几个迷信的实用上所不可缺的鞭炮，早已失去了娱乐品商店的性质。况且战乱频仍，这种迷信的实用有时也被禁，爆竹商的存在亦已岌岌乎了。

我们的新年，因了阴阳历的并存而不明确；复因了民生的疾苦而无生气，实在是我们的生活趣味上的一大缺憾！我不希望开倒车回复二十多年前的儿时，但希望每年有个像“新年”的新年，以调剂一年来工作的辛苦，恢复一年来工作的疲劳。我想这像“新年”的新年一定存在着，将来总有一天会到来的。

大帐簿

我幼年时，有一次坐了船到乡间去扫墓。正靠在船窗口出神观看船脚边层出不穷的波浪的时候，手中拿着的不倒翁失足翻落河中。我眼看它跃入波浪中，向船尾方面滚腾而去，一刹那间形影俱杳，全部交付与不可知的渺茫的世界了。我看看自己的空手，又看看窗下的层出不穷的波浪，不倒翁失足的伤心地，再向船后面的茫茫白水怅望了一会，心中黯然地起了疑惑与悲哀。我疑惑不倒翁此去的下落与结果究竟如何，又悲哀这永远不可知的命运。它也许随了波浪流去，搁住在岸滩上，落入于某村童的手中；也许被鱼网打去，从此做了渔船上的不倒翁；又或永远沉沦在幽暗的河底，岁久化为泥土，世间从此不再见这个不倒翁。我晓得这不倒翁现在一定有个下落，将来也一定有个结果，然而谁能去调查呢？谁能知道这不可知的命运呢？这种疑惑与悲哀隐约地在我心头推移。终于我想：父亲或者知道这究竟，能解除我这种疑惑与悲哀。不然，将来我年纪长大起来，总有一天能知道这究竟，能解除这疑惑与悲哀。

后来我的年纪果然长大起来。然而这种疑惑与悲哀，非但依旧不能解除，反而随了年纪的长大而增多增深了。我偕了小学校里的同学赴郊外散步，偶然折取一根树枝，当手杖用了一会，后来抛弃在田间的时候，总要对它回顾好几次，心中自问自答："我不知几时得再见它？它此后的结果不知究竟如何？我永远不得再见它了！它的后事永远不可知了！"倘是独自散步，遇到这种事的时候我更要依依不舍地留连一会。有时已经走了几步，又回转身去，把所抛弃的东西重新拾

春江水暖鸭先知

起来，郑重地道个诀别，然后硬着头皮抛弃它，再向前走。过后我也曾自笑这痴态，而且明明晓得这些是人生中惜不胜惜的琐事；然而那种悲哀与疑惑确实地充塞在我的心头，使我不得不然！

在热闹的地方，忙碌的时候，我这种疑惑与悲哀也会被压抑在心的底层，而安然地支配取舍各种事物，不复作如前的痴态。间或在动作中偶然浮起一点疑惑与悲哀来；然而大众的感化与现实的压迫的力非常伟大，立刻把它压制下去，它只在我的心头一闪而已。一到静僻的地方，孤独的时候，最是夜间，它们又全部浮出在我的心头了。灯下，我推开算术演草簿，提起笔来在一张废纸上信手涂写日间所谙诵的诗句：“春蚕到死丝方尽，蜡炬成灰……”没有写完，就拿向灯火上，烧着了纸的一角。我眼看见火势孜孜地蔓延过来，心中又忙着和个个字道别。完全变成了灰烬之后，我眼前忽然分明现出那张字纸的完全的原形；俯视地上的灰烬，又感到了暗淡的悲哀：假定现在我要再见一见一分钟以前分明存在的那张字纸，无论托绅董、县官、省长、大总统，仗世界一切皇帝的势力，或尧舜、孔子、苏格拉底、基督等一切古代圣哲复生，大家协力帮我设法，也是绝对不可能的事了！——但这种奢望我决计没有。我只是看看那堆灰烬，想在没有区别的微尘中认识各个字的死骸，找出哪一点是春字的灰，哪一点是蚕字的灰。……又想象它明天朝晨被此地的仆人扫除出去，不知结果如何：倘然散入风中，不知它将分飞何处？春字的灰飞入谁家，蚕字的灰飞入谁家？……倘然混入泥土中，不知它将滋养哪几株植物？……都是渺茫不可知的千古的大疑问了。

吃饭的时候，一颗饭粒从碗中翻落在我的衣襟上。我顾视这颗饭粒，不想则已，一想又惹起一大篇的疑惑与悲哀来：不知哪一天哪一个农夫在哪一处田里种下一批稻，就中有一株稻穗上结着煮成这颗饭粒的谷。这粒谷又不知经过了谁的刈、谁的磨、谁的舂、谁的粜，而到了我们的家里，现在煮成饭粒，而落在我的衣襟上。这种疑问都可以有确实的答案；然而除了这颗饭粒自己晓得以外，世间没有一个人能调查，回答。

袋里摸出来一把铜板，分明个个有复杂而悠长的历史。钞票与银洋经过人手，有时还被打一个印；但铜板的经历完全没有痕迹可寻。它们之中，有的曾为街头的乞丐的哀愿的目的物，有的曾为劳动者的血汗的代价，有的曾经换得一碗粥，救济一个饿夫的饥肠，有的曾经变成一粒糖，塞住一个小孩的啼哭，有的曾经参与在盗贼的赃物中，有的曾经安眠在富翁的大腹边，有的曾经安闲地隐居在毛厕的底里，有的曾经忙碌地兼备上述的一切的经历。且就中又有的恐怕不是初次到我的袋中，也未可知。这些铜板倘会说话，我一定要尊它们为上客，恭听它们历述其漫游的故事。倘然它们会纪录，一定每个铜板可著一册比《鲁滨逊飘流记》更奇离的奇书。但它们都像死也不肯招供的犯人，其心中分明秘藏着案件的是非曲直的实情，然而死也不肯泄漏它们的秘密。

现在我已行年三十，做了半世的人，那种疑惑与悲哀在我胸中，分量日渐增多；但刺激日渐淡薄，远不及少年时代以前的新鲜而浓烈了。这是我用功的结果。因为我参考大众的态度，看他们似乎全然不想起这类的事，饭吃在肚里，钱进入袋里，就天下太平，梦也不做一个。这在生活上的确大有实益，我就拼命以大众

飞来白鸟似相识

为师，学习他们的幸福。学到现在三十岁，还没有毕业。所学得的，只是那种疑惑与悲哀的刺激淡薄了一点，然其分量仍是跟了我的经历而日渐增多。我每逢辞去一个旅馆，无论其房间何等坏，臭虫何等多，临去的时候总要低徊一下子，想起“我有否再住这房间的一日？”又慨叹“这是永远的诀别了！”每逢下火车，无论这旅行何等劳苦，邻座的人何等可厌，临走的时候总要发生一种特殊的感想：“我有否再和这人同座的一日？恐怕是对他永诀了！”但这等感想的出现非常短促而又模糊，像飞鸟的黑影在池上掠过一般，真不过数秒间在我心头一闪，过后就全无其事。我究竟已有了学习的功夫了。然而这也全靠在老师——大众——面前，方始可能。一旦不见了老师，而离群索居的时候，我的故态依然复萌。现在正是其时：春风从窗中送进一片白桃花的花瓣来，落在我的原稿纸上。这分明是从我家的院子里的白桃花树上吹下来的，然而有谁知道它本来生在哪一枝头的哪一朵花上呢？窗前地上白雪一般的无数的花瓣，分明各有其故枝与故萼，谁能一一调查其出处，使它们重归其故萼呢？疑惑与悲哀又来袭击我的心了。

总之，我从幼时直到现在，那种疑惑与悲哀不绝地袭击我的心，始终不能解除。我的年纪越大，知识越富，它的袭击的力也越大。大众的榜样的压迫越严，它的反动也越强。倘一一记述我三十年来所经验的此种疑惑与悲哀的事例，其卷帙一定可同《四库全书》《大藏经》争多。然而也只限于我一个人在三十年的短时间中的经验；较之宇宙之大，世界之广，物类之繁，事变之多，我所经验的真不啻恒河中的一粒细沙。

我仿佛看见一册极大的大帐簿，簿中详细记载着宇宙间世界上一切物类事变的过去、现在、未来三世的因因果果。自原子之细以至天体之巨，自微生虫的行动以至混沌的大劫，无不详细记载其来由、经过与结果，没有万一的遗漏。于是我从来的疑惑与悲哀，都可解除了。不倒翁的下落，手杖的结果，灰烬的去处，一一都有记录；饭粒与铜板的来历，一一都可查究；旅馆与火车对我的因缘，早已注定在项下；片片白桃花瓣的故事，都确凿可考。连我所屡次叹为永不可知的、院子里的沙堆的沙粒的数目，也确实地记载着，下面又注明哪几粒沙是我昨天曾经用手掬起来看过的。倘要从沙堆中选出我昨天曾经掬起来看过的沙，也不难按这帐簿而探索。——凡我在三十年中所见、所闻、所为的一切事物，都有极详细的记载与考证；其所占的地位只有书页的一角，全书的无穷大分之一。

我确信宇宙间一定有这册大帐簿。于是我的疑惑与悲哀全部解除了。

第二辑 不惑之礼

然而回看人世，又觉得非常诧异：在我们以前，“人生”已被反复了数千万遍，都像昙花泡影地倏现倏灭。大家一面明明知道自己也是如此，一面却又置若不知，毫不怀疑地热心做人。

东京某晚的事

我在东京某晚遇见一件很小的事，然而这件事我永远不能忘记，并且常常使我憧憬。

有一个夏夜，初黄昏时分，我们同住在一个“下宿”里的四五个中国人相约到神保町去散步。东京的夏夜很凉快。大家带着愉快的心情出门，穿和服的几个人更是风袂飘飘，徜徉徘徊，态度十分安闲。

一面闲谈，一面踱步，踱到了十字路口的时候，忽然横路里转出一个伛偻的老太婆来。她两手搬着一块大东西，大概是铺在地上的席子，或者是纸窗的架子吧，鞠躬似地转出大路来。她同我们同走一条大路，因为走得慢，跟在我们的后面。

我走在最先。忽然听得后面起了一种与我们的闲谈调子不同的日本语声音，意思却听不清楚。我回头看时，原来是老太婆在向我们队里的最后的某君讲甚么话。我只看见某君对那老太婆一看，立刻回转头来，露出一颗闪亮的金牙齿，一面摇头，一面笑着说："Iyada，iyada！"（不高兴，不高兴！）

似乎趋避后面的甚么东西，大家向前挤挨一阵，走在最先的我被他们一推，跨了几脚紧步。不久，似乎已经到了安全地带，大家稍稍回复原来的速度的时候，我方才探问刚才所发生的事情。

原来这老太婆对某君说话，是因为她搬那块东西搬得很吃力，想我们中哪一个帮她搬一会。她的话是：

"你们哪一位替我搬一搬，好不好？"

某君大概是因为带了轻松愉快的心情出来散步，实在不愿意帮她搬运重物，所以回报她两个"不高兴"。然而说过之后，在她近旁徜徉，看她吃苦，心里大概

孝 鹅

老　马

又觉得过意不去，所以趋避似地快跑几步，务使受苦的人不在自己眼睛面前。我探问情由的时候，我们已离开那老太婆十来丈路，颜面已经看不清楚，声音也已听不到了。然而大家的脚步还是有些紧，不像初出门时那么从容安闲。虽然不说话，但各人一致的脚步，分明表示大家都有这样的感觉。

我每次回想起这事，总觉得很有意味。我从来不曾从素不相识的路人受到这样唐突的要求。那老太婆的话，似乎应该用在家庭里或学校里，决不是在路上可以听到的。这是关系深切而亲爱的小团体之下的人们之间所有的话，不适用于“社会”或“世界”的大团体中的所谓“陌路人”之间。那老太婆误把陌路当作家庭了。

这老太婆原是悖事的，唐突的。然而我却在想象：假如真能像这老太婆所希望，有这样的一个世界：天下如一家，人们如家族，互相亲爱，互相帮助，共乐其生活，那时候陌路就变成家庭，这老太婆就并不悖事，并不唐突了。这是多么可憧憬的世界！

车厢社会

我第一次乘火车，是在十六七岁时，即距今二十余年前。虽然火车在其前早已通行，但吾乡离车站有三十里之遥，平时我但闻其名，却没有机会去看火车或乘火车。十六七岁时，我毕业于本乡小学，到杭州去投考中等学校，方才第一次看到又乘到火车。以前听人说："火车厉害得很，走在铁路上的人，一不小心，身体就被碾做两段。"又听人说："火车快得邪气，坐在车中，望见窗外的电线木如同栅栏一样。"我听了这些话而想象火车，以为这大概是炮弹流星似的凶猛唐突的东西，觉得可怕。但后来看到了，乘到了，原来不过尔尔。天下事往往如此。

自从这一回乘了火车之后，二十余年中，我对火车不断地发生关系。至少每年乘三四次，有时每月乘三四次，至多每日乘三四次（不过这是从江湾到上海的小火车）。一直到现在，乘火车的次数已经不可胜计了。每乘一次火车，总有种种感想。倘得每次下车后就把乘车时的感想记录出来，记到现在恐怕不止数百万言，可以出一大部乘火车全集了。然而我哪有工夫和能力来记录这种感想呢？只是回想过去乘火车时的心境，觉得可分三个时期。现在记录出来，半为自娱，半为世间有乘火车的经验的读者谈谈，不知他们在火车中是否作如是想的？

第一个时期，是初乘火车的时期。那时候乘火车这件事在我觉得非常新奇而有趣。自己的身体被装在一个大木箱中，而用机械拖了这大木箱狂奔，这种经验是我向来所没有的，怎不教我感到新奇而有趣呢？那时我买了车票，热烈地盼望车子快到。上了车，总要拣个靠窗的好位置坐。因此可以眺望窗外旋转不息的远景，瞬息万变的近景，和大大小小的车站。一年四季住在看惯了的屋中，一旦看到这广大而变化无穷的世间，觉得兴味无穷。我巴不得乘火车的时间延长，常常嫌它到得太快，下车时觉得可惜。我欢喜乘长途火车，可以长久享乐。最好是乘慢车，在车中的时间最长，而且各站都停，可以让我尽情观赏。我看见同车的旅客个个同我一样地愉快，仿佛个个是无目的地在那里享乐乘火车的新生活的。我看见各车站都美丽，仿佛个个是桃源仙境的入口。其中汗流满背地扛行李的人，喘息狂奔的赶火车的人，急急忙忙地背着箱笼下车的人，拿着红绿旗子指挥开车的人，在我看来仿佛都干着有兴味的游戏，或者在那里演剧。世间真是一大欢乐场，乘火车真是一件愉快不过的乐事！可惜这时期很短促，不久乐事就变为苦事。

第二个时期，是老乘火车的时期。一切都看厌了，乘火车在我就变成了一桩讨厌的事。以前买了车票热烈地盼望车子快到。现在也盼望车子快到，但不是热烈地而是焦灼地，意思是要它快些来载我赴目的地。以

燕集几案

前上车总要拣个靠窗的好位置，现在不拘，但求有得坐。以前在车中不绝地观赏窗内窗外的人物景色，现在都不要看了，一上车就拿出一册书来，不顾环境的动静，只管埋头在书中，直到目的地的到达。为的是老乘火车，一切都已见惯，觉得这些千篇一律的状态没有甚么看头，不如利用这冗长无聊的时间来用些功。但并非欢喜用功，而是无可奈何似的用功。每当看书疲倦起来，就埋怨火车行得太慢，看了许多书才走得两站！这时候似觉一切乘车的人都同我一样，大家焦灼地坐在车厢中等候到达。看到凭在车窗上指点谈笑的小孩子，我鄙视他们，觉得这班初出茅庐的人少见多怪，其浅薄可笑。有时窗外有飞机驶过，同车的人大家立起来观望，我也不屑从众，回头一看立刻埋头在书中。总之，那时我在形式上乘火车，而在精神上仿佛遗世独立，依旧笼闭在自己的书斋中。那时候我觉得世间一切枯燥无味，无可享乐，只有沉闷、疲倦和苦痛，正同乘火车一样。这时期相当地延长，直到我深入中年时候而截止。

第三个时期，可说是惯乘火车的时期。乘得太多了，讨嫌不得许多，还是逆来顺受罢。心境一变，以前看厌了的东西也会重新有起意义来，仿佛“温故而知新”似的。最初乘火车是乐事，后来变成苦事，最后又变成乐事，仿佛“返老还童”似的。最初乘火车欢喜看景物，后来埋头看书，最后又不看书而欢喜看景物了。不过这回的欢喜与最初的欢喜性状不同：前者所见都是可喜的，后者所见却大多数是可惊的，可笑的，可悲的。不过在可惊可笑可悲的发见上，感到一种比埋头看书更多的兴味而已。故前者的欢喜是真的“欢喜”，若译英语可用 happy 或 merry。后者却只是 like 或 fond of，不是真心的欢乐。实际，这原是比较而来的；因为看书实在没有许多好书可以使我集中兴味而忘却乘火车的沉闷。而这车厢社会里的种种人间相倒是一部活的好书，会时时向我展出新颖的 page（篇页）来。惯乘火车的人，大概对我这话多少有些儿同感的吧！

不说车厢社会里的琐碎的事，但看各人的座位，已够使人惊叹了。同是买一张票的，有的人老实不客气地躺着，一人占有了五六个人的位置。看见找寻座位的人来了，把头向着里，故作鼾声，或者装作病人，或者举手指点那边，对他们说："前面很空，前面很空。"和平谦虚的乡下人大概会听信他的话，让他安睡，背着行李向他所指点的前面去另找"很空"的位置。有的人教行李分占了自己左右的两个位置，当作自己的卫队。若是方皮箱，又可当作自己的茶几。看见找座位的人来了，拼命埋头看报。对方倘不客气地向他提出："对不起，先生，请把你的箱子放在上面了，大家坐坐！"他会指着远处打官话拒绝他："那边也好坐，你为甚么一定要坐在这里？"说过管自看报了。和平谦让的乡下人大概不再请求，让他坐在行李的护卫中看报，抱着孩子向他指点的那边去另找"好坐"的地方了。有的人没有行李，把身子扭转来，教一个屁股和一支大腿占据了两个人的座位，而悠闲地凭在窗中吸烟。他把大乌龟壳似的一个背部向着他的右邻，而用一支横置的左大腿来拒远他的左邻①。这大腿上面的空

①当时火车车厢的座位是竖排的，即两旁靠窗各一长排，中间背靠背两长排。

老马识途

间完全归他所有，可在其中从容地抽烟、看报。逢到找寻座位的人来了，把报纸堆在大腿上，把头钻出窗外，只作不闻不见。还有一种人，不取大腿的策略，而用一册书和一个帽子放在自己身旁的座位上。找座位的人倘来请他拿开，就回答他说“这里有人”。和平谦虚的乡下人大概会听信他，留这空位给他那“人”坐，扶着老人向别处去另找座位了。找不到座位时，他们就把行李放在门口，自己坐在行李上，或者抱了小孩，扶了老人站在W．C．[①]的门口。查票的来了，不干涉躺着的人，以及用大腿或帽子占座位的人，却埋怨坐在行李上的人和抱了小孩扶了老人站在W．C．门口的人阻碍了走路，把他们骂脱几声。

我看到这种车厢社会里的状态，觉得可惊，又觉得可笑、可悲。可惊者，大家出同样的钱，购同样的票，明明是一律平等的乘客，为甚么会演出这般不平等的状态？可笑者，那些强占座位的人，不惜装腔、撒谎，以图一己的苟安，而后来终得舍去他的好位置。可悲

① W.C.：英语 Water Closet 的编写，意即厕所。

者，在这乘火车的期间中，苦了那些和平谦虚的乘客，他们始终只得坐在门口的行李上，或者抱了小孩，扶了老人站在W．C．的门口，还要被查票者骂脱几声。

在车厢社会里，但看座位这一点，已足使我惊叹了。何况其他种种的花样。总之，凡人间社会里所有的现状，在车厢社会中都有其缩图。故我们乘火车不必看书，但把车厢看作人间世的模型，足够消遣了。

回想自己乘火车的三时期的心境，也觉得可惊，可笑，又可悲。可惊者，从初乘火车经过老乘火车，而至于惯乘火车，时序的递变太快！可笑者，乘火车原来也是一件平常的事。幼时认为“电线木同栅栏一样”，车站同桃源一样，固然可笑，后来那样地厌恶它而埋头于书中，也一样地可笑。可悲者，我对于乘火车不复感到昔日的欢喜，而以观察车厢社会里的怪状为消遣，实在不是我所愿为之事。

于是我憧憬于过去在外国时所乘的火车。记得那车厢中很有秩序，全无现今所见的怪状。那时我们在车厢中不解众苦，只觉旅行之乐。但这原是过去已久的事，在现今的世间恐怕不会再见这种车厢社会了。前天同一位朋友从火车下来，出车站后他对我说了几句新诗似的东西，我记忆着。现在抄在这里当做结尾：

人生好比乘车：
有的早上早下，
有的迟上迟下，
有的早上迟下，
有的迟上早下。
上了车纷争座位，
下了车各自回家。
在车厢中留心保管你的车票，
下车时把车票原物还他。

晨梦

我常常在梦中晓得自己做梦。晨间，将醒未醒的时候，这种情形最多，这不是我一人独有的奇癖，讲出来常常有人表示同感。

近来我尤多经验这种情形：我妻到故乡去作长期的归宁，把两个小孩子留剩在这里，交托我管。我每晚要同他们一同睡觉。他们先睡，九点钟定静，我开始读书，作文，往往过了半夜，才钻进他们的被窝里。天一亮，小孩子就醒，像鸟儿地在我耳边喧聒，又不绝地催我起身。然这时候我正在晨梦，一面隐隐地听见他们的喧聒，一面作梦中的遨游。他们叫我不醒，将嘴巴合在我的耳朵上，大声疾呼“爸爸！起身了！”立刻把我从梦境里拉出。有时我的梦正达于兴味的高潮，或还没有告段落，就回他们话，叫他们再唱一曲歌，让我睡一歇，连忙蒙上被头，继续进行我的梦游。这的确会继续进行，甚且打断两三次也不妨。不过那时候的情形很奇特：一面寻找梦的头绪，继续演进，一面又能隐隐地听见他们的唱歌声的断片。即一面在热心地做梦中的事，一面又知道这是虚幻的梦。有梦游的假我，同时又有伴小孩子睡着的真我。

但到了孩子大哭，或梦完结了的时候，我也就毅然地起身了。披衣下床，“今日有何要务”的真我的正念凝集心头的时候，梦中的妄念立刻被排出意外，谁还留恋或计较呢？

“人生如梦”，这话是古人所早已道破的，又是一切人所痛感而承认的。那末我们的人生，都是——同我的晨梦一样——在梦中晓得自己做梦的了。这念头一起，疑惑与悲哀的感情就支配了我的全体，使我终于无可

伴　侣

自解，无可自慰。往往没有穷究的勇气，就把它暂搁在一旁，得过且过地过几天再说。这想来也不是我一人的私见，讲出来一定有许多人表示同感吧！

因为这是众目昭彰的一件事：无穷大的宇宙间的七尺之躯，与无穷久的浩劫中的数十年，而能上穷星界的秘密，下探大地的宝藏，建设诗歌的美丽的国土，开拓哲学的神秘的境地。然而一到这脆弱的躯壳损坏而朽腐的时候，这伟大的心灵就一去无迹，永远没有这回事了。这个“我”的儿时的欢笑，青年的憧憬，中年的哀乐，名誉，财产，恋爱……在当时何等认真，何等郑重；然而到了那一天，全没有“我”的一回事了！哀哉，“人生如梦！”

然而回看人世，又觉得非常诧异：在我们以前，“人生”已被反复了数千万遍，都像昙花泡影地倏现倏灭。大家一面明明知道自己也是如此，一面却又置若不知，毫不怀疑地热心做人。——做官的热心办公，做兵的热心体操，做商的热心算盘，做教师的热心上课，做车夫的热心拉车，做厨房的热心烧饭……还有做学生的热心求知识，以预备做人，——这明明是自

鹤　语

杀，慢性的自杀！

这便是为了人生的饱暖的愉快，恋爱的甘美，结婚的幸福，爵禄富厚的荣耀，把我们骗住，致使我们无暇回想，流连忘返，得过且过，提不起穷究人生的根本的勇气，糊涂到死。

“人生如梦！”不要把这句话当作文学上的装饰的丽句！这是当头的棒喝！古人所道破，我们所痛感而承认的。我们的人生的大梦，确是——同我的晨梦一样——在梦中晓得自己做梦的。我们一面在热心地做梦中的事，一面又知道这是虚幻的梦。我们有梦中的假我，又有本来的“真我”。我们毅然起身，披衣下床，真我的正念凝集于心头的时候，梦中的妄念立刻被置之一笑，谁还留恋或计较呢？

同梦的朋友们！我们都有“真我”的，不要忘记了这个“真我”，而沉酣于虚幻的梦中！我们要在梦中晓得自己做梦，而常常找寻这个“真我”的所在。

秋

我的年岁上冠用了“三十”二字，至今已两年了。不解达观的我，从这两个字上受到了不少的暗示与影响。虽然明明觉得自己的体格与精力比二十九岁时全然没有甚么差异，但“三十”这一个观念笼在头上，犹之张了一顶阳伞，使我的全身蒙了一个暗淡色的阴影，又仿佛在日历上撕过了立秋的一页以后，虽然太阳的炎威依然没有减却，寒暑表上的热度依然没有降低，然而只当得余威与残暑，或霜降木落的先驱，大地的节候已从今移交于秋了。

实际，我两年来的心情与秋最容易调和而融合。这情形与从前不同。在往年，我只慕春天，我最欢喜杨柳与燕子。尤其欢喜初染鹅黄的嫩柳。我曾经名自己的寓居为“小杨柳屋”，曾经画了许多杨柳燕子的画，又曾经摘取秀长的柳叶，在厚纸上裱成各种风调的眉，想象这等眉的所有者的颜貌，而在其下面添描出眼鼻与口。那时候我每逢早春时节，正月二月之交，看见杨柳枝的线条上挂了细珠，带了隐隐的青色而“遥看近却无”的时候，我心中便充满了一种狂喜，这狂喜又立刻变成焦虑，似乎常常在说：“春来了！不要放过！赶快设法招待它，享乐它，永远留住它。”我读了“良辰美景奈何天”等句，曾经真心地感动。以为古人都太息一春的虚度，前车可鉴！到我手里决不放它空过了。最是逢到了古人惋惜最深的寒食清明，我心中的焦灼便更甚。那一天我总想有一种足以充分酬偿这佳节的举行。我准拟作诗，作画，或痛饮，漫游。虽然大多不被实行；或实行而全无效果，反而中了酒，闹了事，换得了不快的回忆；但我总不灰心，总觉得春的可恋。

人闲牛亦乐　随意过前村

我心中似乎只有知道春，别的三季在我都当作春的预备，或待春的休息时间，全然不曾注意到它们的存在与意义。而对于秋，尤无感觉：因为夏连续在春的后面，在我可当作春的过剩；冬先行在春的前面，在我可当作春的准备；独有与春全无关联的秋，在我心中一向没有它的位置。

自从我的年龄告了立秋以后，两年来的心境完全转了一个方向，也变成秋天了。然而情形与前不同：并不是在秋日感到像昔日的狂喜与焦灼。我只觉得一到秋天，自己的心境便十分调和。非但没有那种狂喜与焦灼，且常常被秋风秋雨秋色秋光所吸引而融化在秋中，暂时失却了自己的所在。而对于春，又并非像昔日对于秋的无感觉。我现在对于春非常厌恶。每当万象回春的时候，看到群花的斗艳，蜂蝶的扰攘，以及草木昆虫等到处争先恐后地滋生繁殖的状态，我觉得天地间的凡庸，贪婪，无耻，与愚痴，无过于此了！尤其是在青春的时候，看到柳条上挂了隐隐的绿珠，桃枝上着了点点的红斑，最使我觉得可笑又可怜。我想唤醒一个花蕊来对它说：“啊！你也来反复这老调了！我

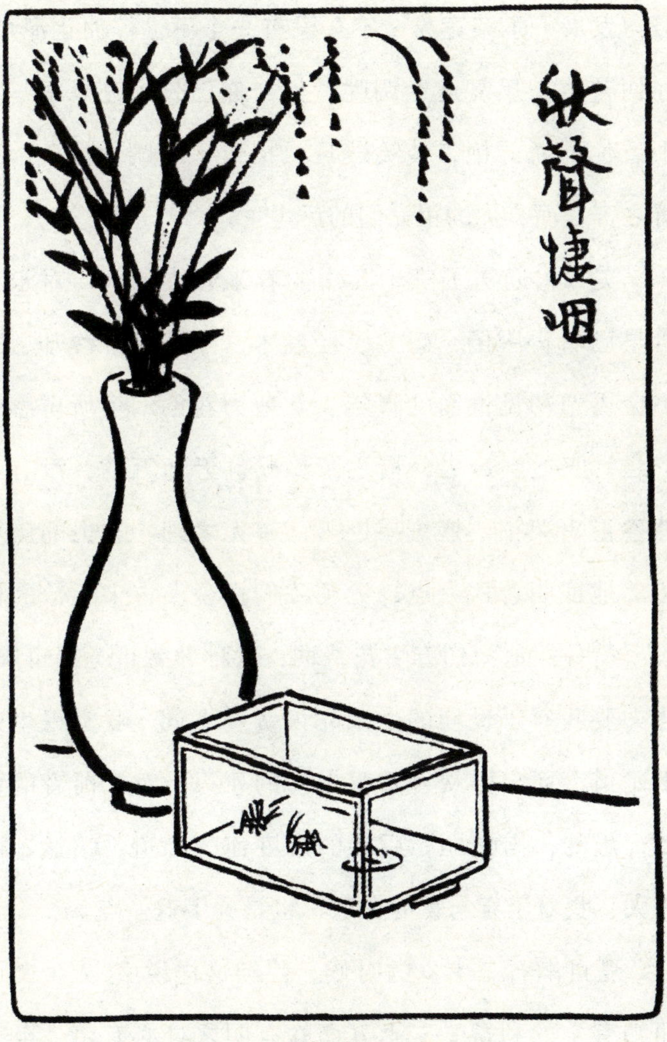

秋声凄咽

眼看见你的无数的祖先，个个同你一样地出世，个个努力发展，争荣竞秀；不久没有一个不憔悴而化泥尘。你何苦也来反复这老调呢？如今你已长了这孽根，将来看你弄娇弄艳，装笑装颦，招致了蹂躏，摧残，攀折之苦，而步你的祖先们的后尘！”

实际，迎送了三十几次的春来春去的人，对于花事早已看得厌倦，感觉已经麻木，热情已经冷却，决不会再像初见世面的青年少女地为花的幻姿所诱惑而赞之，叹之，怜之，惜之了。况且天地万物，没有一件逃得出荣枯，盛衰，生灭，有无之理。过去的历史昭然地证明着这一点，无须我们再说。古来无数的诗人千篇一律地为伤春惜花费词，这种效颦也觉得可厌。假如要我对于世间的生荣死灭费一点词，我觉得生荣不足道，而宁愿欢喜赞叹一切的死灭。对于前者的贪婪，愚昧，与怯弱，后者的态度何等谦逊，悟达，而伟大！我对于春与秋的舍取，也是为了这一点。

夏目漱石三十岁的时候，曾经这样说：“人生二十而知有生的利益；二十五而知有明之处必有暗；至于三十的今日，更知明多之处暗亦多，欢浓之时愁亦重。”

我现在对于这话也深抱同感；同时又觉得三十的特征不止这一端，其更特殊的是对于死的体感。青年们恋爱不遂的时候惯说生生死死，然而这不过是知有“死”的一回事而已，不是体感。犹之在饮冰挥扇的夏日，不能体感到围炉拥衾的冬夜的滋味。就是我们阅历了三十几度寒暑的人，在前几天的炎阳之下也无论如何感不到浴日的滋味。围炉，拥衾，浴日等事，在夏天的人的心中只是一种空虚的知识，不过晓得将来须有这些事而已，但是不能体感它们的滋味。须得入了秋天，炎阳逞尽了威势而渐渐退却，汗水浸胖了的肌肤渐渐收缩，身穿单衣似乎要打寒噤，而手触法兰绒觉得快适的时候，于是围炉，拥衾，浴日等知识方能渐渐融入体验界中而化为体感。我的年龄告了立秋以后，心境中所起的最特殊的状态便是这对于“死”的体感。以前我的思虑真疏浅！以为春可以常在人间，人可以永在青年，竟完全没有想到死。又以为人生的意义只在于生，而我的一生最有意义，似乎我是不会死的。直到现在，仗了秋的慈光的鉴照，死的灵气钟育，才知道生的甘苦悲欢，是天地间反复过亿万次的老调，又何足珍惜？我但求此生的平安的度送与脱出而已，犹之罹了疯狂的人，病中的颠倒迷离何足计较？但求其去病而已。

我正要搁笔，忽然西窗外黑云弥漫，天际闪出一道电光，发出隐隐的雷声，骤然洒下一阵夹着冰雹的秋雨。啊！原来立秋过得不多天，秋心稚嫩而未曾老练，不免还有这种不调和的现象，可怕哉！

生机

去年除夜买的一球水仙花，养了两个多月，直到今天方才开花。

今春天气酷寒，别的花木萌芽都迟，我的水仙尤迟。因为它到我家来，遭了好几次灾难，生机被阻抑了。

第一次遭的是旱灾，其情形是这样：它于去年除夕到我家，当时因为我的别寓里没有水仙花盆，我特为跑到磁器店去买一只纯白的磁盘来供养它。这磁盘很大、很重，原来不是水仙花盆。据磁器店里的老头子说，它是光绪年间的东西，是官场中请客时用以盛某种特别肴馔的家伙。只因后来没有人用得着它，至今没有卖脱。我觉得普通所谓水仙花盆，长方形的、扇形的，在过去的中国画里都已看厌了，而且形式都不及这家伙好看。就假定这家伙是为我特制的水仙花盆，买了它来，给我的水仙花配合，形状色彩都很调和。看它们在寒窗下绿白相映，素艳可喜，谁相信这是官场中盛酒肉的东西？可是它们结合不到一个月，就要别离。为的是我要到石门湾去过阴历年，预期在缘缘堂住一个多月，希望把这水仙花带回去，看它开花才好。如何带法？颇费踌躇：叫工人阿毛拿了这盆水仙花乘火车，恐怕有人说阿毛提倡风雅；把它装进皮箱里，又不可能。于是阿毛提议：“盘儿不要它，水仙花拔起来装在饼干箱里，携了上车，到家不过三四个钟头，不会旱杀的。”我通过了。水仙就与盘暂别，坐在饼干箱里旅行。回到家里，大家纷忙得很，我也忘记了水仙花。三天之后，阿毛突然说起，我猛然觉悟，找寻它的下落，原来被人当作饼干，搁在石灰甏上。连忙取

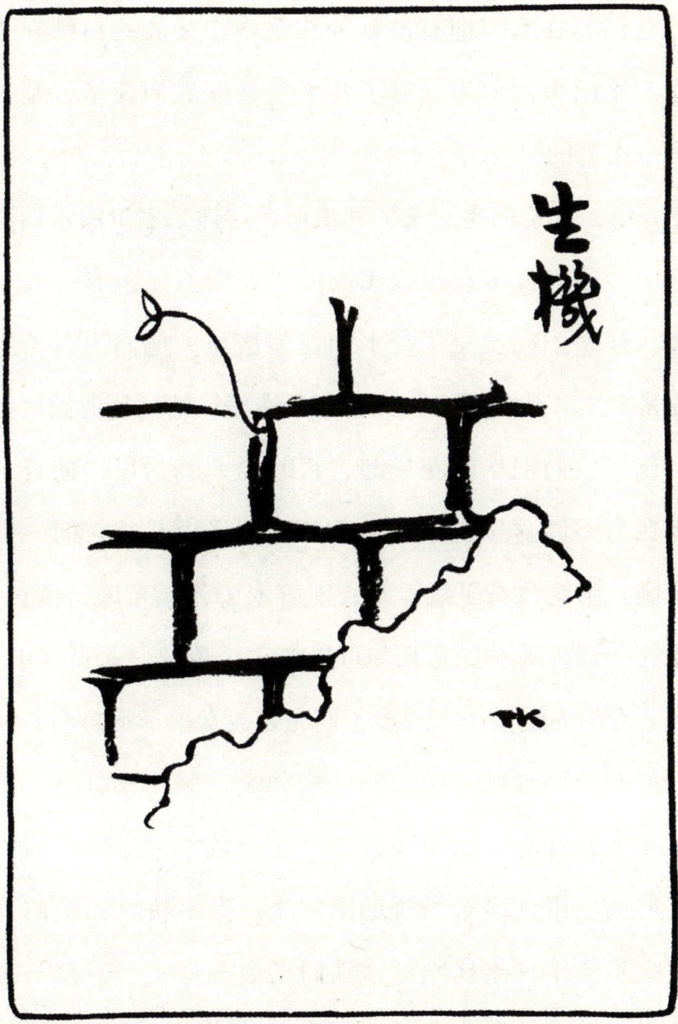

生 机

出一看，绿叶憔悴，根须焦黄。阿毛说“勿碍”，立刻把它供养在家里旧有的水仙花盆中，又放些白糖在水里。幸而果然勿碍，过了几天它又欣欣向荣了。是为第一次遭的旱灾。

第二次遭的是水灾，其情形是这样：家里的水仙花盆中，原有许多色泽很美丽的雨花台石子。有一天早晨，被孩子们发见了，水仙花就遭殃：他们说石子里统是灰尘，埋怨阿毛不先将石子洗净，就代替他做这番工作。他们把水仙花拔起，暂时养在脸盆里，把石子倒在另一脸盆里，掇到墙角的太阳光中，给它们一一洗刷。雨花台石子浸着水，映着太阳光，光泽、色彩、花纹，都很美丽。有几颗可以使人想象起“通灵宝玉”来。看的人越聚越多，孩子们尤多，女孩子最热心。她们把石子照形状分类，照色彩分类，照花纹分类；然后品评其好坏，给每块石子打起分数来；最后又利用其形色，用许多石子拼起图案来。图案拼好，她们自去吃年糕了！年糕吃好，她们又去踢毽子了；毽子踢好，她们又去散步了。直到晚上，阿毛在墙角发见了石子的图案，叫道：“咦，水仙花哪里去了？”东寻西

重 生

找，发见它横卧在花台边上的脸盆中，浑身浸在水里。自晨至晚，浸了十来小时，绿叶已浸得发肿，发黑了！阿毛说“勿碍”，再叫小石子给它扶持，坐在水仙花盆中。是为第二次遭的水灾。

第三次遭的是冻灾，其情形是这样的：水仙花在缘缘堂里住了一个多月。其间春寒太甚，患难迭起。其生机被这些天灾人祸所阻抑，始终不能开花。直到我要离开缘缘堂的前一天，它还是含苞未放。我此去预定暮春回来，不见它开花又不甘心，以问阿毛。阿毛说：“用绳子穿好，提了去！这回不致忘记了。”我赞成。于是水仙花倒悬在阿毛的手里旅行了。它到了我的寓中，仍旧坐在原配的盆里。雨水过了，不开花。惊蛰过了，又不开花。阿毛说：“不晒太阳的原故。”就掇到阳台上，请它晒太阳。今年春寒殊甚，阳台上虽有太阳光，同时也有料峭的东风，使人立脚不住。所以人都闭居在室内，从不走到阳台上去看水仙花。房间内少了一盆水仙花也没有人查问。直到次日清晨，阿毛叫了：“啊哟！昨晚水仙花没有拿进来，冻杀了！”一看，盆内的水连底冻，敲也敲不开；水仙花里面的水分也冻，其鳞茎冻得像一块白石头，其叶子冻得像许多翡翠条。赶快拿进来，放在火炉边。久之久之，盆里的水溶了，花里的水也溶了；但是叶子很软，一条一条弯下来，叶尖儿垂在水面。阿毛说“乌者”，我觉得的确有些儿“乌”，但是看它的花蕊还是笔挺地立着，想来生机没有完全丧尽，还有希望。以问阿毛，阿毛摇头，随后说：“索性拿到灶间里去，暖些，我也可以常常顾到。”我赞成。垂死的水仙花就被从房中移到灶间。是为第三次遭的冻灾。

谁说水仙花清？它也像普通人一样，需要烟火气的。自从移入灶间之后，叶子渐渐抬起头来，花苞渐渐展开。今天花儿开得很好了！阿毛送它回来，我见了心中大快。此大快非仅为水仙花。人间的事，只要生机不灭，即使重遭天灾人祸，暂被阻抑，终有抬头的日子。个人的事如此，家庭的事如此，国家、民族的事也如此。

云霓

这是去年夏天的事。

两个月不下雨。太阳每天晒十五个小时。寒暑表中的水银每天爬到百度[①]之上。河底处处向天。池塘成为洼地。野草变作黄色而矗立在灰白色的干土中。大热的苦闷和大旱的恐慌充塞了人间。

室内没有一处地方不热，坐凳子好像坐在铜火炉

①百度，指华氏度。

上。按桌子好像按着了烟囱。洋蜡烛从台上弯下来，弯成磁铁的形状；薄荷锭在桌子上放了一会，旋开来统统溶化而蒸发了。狗子伸着舌头伏在桌子底下喘息，人们各占住了一个门口而不息地挥扇。挥得手腕欲断，汗水还是不绝地流。汗水虽多，饮水却成问题。远处挑来的要四角钱一担，倒在水缸里好像乳汁；近处挑来也要十个铜板一担，沉淀起来的有小半担是泥。有钱买水的人家，大家省省地用水。洗过面的水留着洗衣服，洗过衣服的水留着洗裤，洗过裤的水再留着浇花。没有钱买水的人家，小脚的母亲和数岁的孩子带了桶到远处去扛。每天愁热愁水，还要愁未来的旱荒。迟耕的地方还没有种田，田土已硬得同石头一般。早耕的地方苗秧已长，但都变成枯草了。尽驱全村的男子踏水。先由大河踏进小河，再由小河踏进港汊，再由港汊踏进田里。但一日工作十五小时，人们所踏进来的水，不够一日照临十五小时太阳的蒸发。今天来个消息，西南角上的田禾全变黄色了；明天又来个消息，运河岸上的水车增至八百几十辆了。人们相见时，最初徒唤奈何："只管不下雨怎么办呢？""天公竟把落雨这件事根本忘记了！”但后来得到一个结论，大家一见面就惶恐地相告，“再过十天不下雨，大荒年来了！”

此后的十天内，大家不暇愁热，眼巴巴地只望下雨。每天一早醒来，第一件事是问天气。然而天气只管是晴，晴，晴……一直晴了十天。第十天以后还是晴，晴，晴……晴到不计其数。有几个人绝望地说：“即使现在马上下雨，已经来不及了。”然而多数人并不绝望：农人依旧拼命踏水，连黄发垂髫都出来参加。镇上的人依旧天天仰首看天，希望它即刻下雨，或者还有万一的补救。他们所以不绝望者，为的是十余日来东南角上天天挂着几朵云霓，它们忽浮忽沉，忽大忽小，忽明忽暗，忽聚忽散，向人们显示种种欲雨的现象，维持着他们的一线希望。有时它们升起来，大起来，黑起来，似乎义勇地向踏水的和看天的人说：“不要失望！我们带雨来了！”于是踏水的人增加了勇气，愈加拼命地踏，看天的人得着了希望，欣欣然有喜色而相与欢呼：“落雨了！落雨了！”年老者摇着双手阻止他们：“喊不得，喊不得，要吓退的啊。”不久那些云霓果然被吓退了，它们在炎阳之下渐渐地下去，少

咬得菜根百事成

起来，淡起来，散开去，终于隐伏在地平线下。人们空欢喜了一场，依旧回进大热的苦闷和大旱的恐慌中。每天有一场空欢喜，但每天逃不出苦闷和恐怖。原来这些云霓只是挂着给人看看，空空地给人安慰和勉励而已。后来人们都看穿了，任它们五色灿烂地飘游在天空，只管低着头和热与旱奋斗，得过且过地度日子，不再上那些虚空的云霓的当了。

这是去年夏天的事。后来天终于下雨，但已无补于事，大荒年终于出现。现在，农人啖着糠粞，工人闲着工具，商人守着空柜，都在那里等候蚕熟和麦熟，不再回忆过去的旧事了。

我现在为什么在这里重提旧事呢？因为我在大旱时曾为这云霓描一幅画。现在从大旱以来所作画中选出民间生活描写的六十幅来，结集为一册书，把这幅《云霓》冠卷首，就名其书为《云霓》。这也不仅是模仿《关雎》,《葛覃》，取首句作篇名而已，因为我觉得现代的民间，始终充塞着大热似的苦闷和大旱似的恐慌，而且也有几朵“云霓”始终挂在我们的眼前，时时用美好的形状来安慰我们，勉励我们，维持我们生活前

含笑向朝阳

途的一线希望，与去年夏天的状况无异。就记述这状况，当作该书的代序。

记述既毕，自己起了疑问：我这《云霓》能不空空地给人玩赏吗？能满足大旱时代的渴望吗？自己知道都不能。因为这里所描的云霓太小了，太少了。仅乎这几朵怎能沛然下雨呢？恐怕也只能空空地给人玩赏一下，然后任其消沉到地平线底下去的吧。

初冬浴日漫感

离开故居一两个月，一旦归来，坐到南窗下的书桌旁时第一感到异样的，是小半书桌的太阳光。原来夏已去，秋正尽，初冬方到，窗外的太阳已随分南倾了。

把椅子靠在窗缘上，背着窗坐了看书，太阳光笼罩了我的上半身。它非但不像一两月前地使我讨厌，反使我觉得暖烘烘地快适。这一切生命之母的太阳似乎正在把一种祛病延年、起死回生的乳汁，通过了他的光线而流注到我的体中来。

我掩卷冥想：我吃惊于自己的感觉，为甚么忽然这样变了？前日之所恶变成了今日之所欢；前日之所弃变成了今日之所求；前日之仇变成了今日之恩。张眼望见了弃置在高阁上的扇子，又吃一惊。前日之所欢变成了今日之所恶；前日之所求变成了今日之所弃；前日之恩变成了今日之仇。

忽又自笑："夏日可畏，冬日可爱"，以及"团扇弃捐"，乃古之名言，夫人皆知，又何足吃惊？于是我的理智屈服了。但是我的感觉仍不屈服，觉得当此炎凉递变的交代期上，自有一种异样的感觉，足以使我吃惊。这仿佛是太阳已经落山而天还没有全黑的傍晚时光：我们还可以感到昼，同时已可以感到夜。又好比一脚已跨上船而一脚尚在岸上的登舟时光：我们还可以感到陆，同时已可以感到水。我们在夜里固皆知道有昼，在船上固皆知道有陆，但只是"知道"而已，不是"实感"。我久被初冬的日光笼罩在南窗下，身上发出汗来，渐渐润湿了衬衣。当此之时，浴日的"实感"与挥扇的"实感"在我身中混成一气，这不是可吃惊的经验么？

冬日的同乐

于是我索性抛书，躺在墙角的藤椅里，用了这种混成的实感而环视室中，觉得有许多东西大变了相。有的东西变好了：像这个房间，在夏天常嫌其太小，洞开了一切窗门，还不够，几乎想拆去墙壁才好。但现在忽然大起来，大得很！不久将要用屏帏把它隔小来了。又如案上这把热水壶，以前曾被茶缸驱逐到碗橱的角里，现在又像纪念碑似地矗立在眼前了。棉被从前在伏日里晒的时候，大家讨嫌它既笨且厚，现在铺在床里，忽然使人悦目，样子也薄起来了。沙发椅子曾经想卖掉，现在幸而没有人买去。从前曾经想替黑猫脱下皮袍子，现在却羡慕它了。反之，有的东西变坏了：像风，从前人遇到了它都称“快哉！”欢迎它进来。现在渐渐拒绝它，不久要像防贼一样严防它入室了。又如竹榻，以前曾为众人所宝，极一时之荣。现在已无人问津，形容枯槁，毫无生气了。壁上一张汽水广告画。角上画着一大瓶汽水，和一只泛溢着白泡沫的玻璃杯，下面画着海水浴图。以前望见汽水图口角生津，看了海水浴图恨不得自己做了画中人，现在这幅画几乎使人打寒噤了。裸体的洋囝囝趺坐在窗口

蜘蛛收丝

的小书架上，以前觉得它太写意，现在看它可怜起来。希腊古代名雕的石膏模型 Venus（维纳斯）立像，把裙子褪在大腿边，高高地独立在凌空的花盆架上。我在夏天看见她的脸孔是带笑的，这几天望去忽觉其容有蹙，好像在悲叹她自己失却了两只手臂，无法拉起裙子来御寒。

其实，物何尝变相？是我自己的感觉变叛了。感觉何以能变叛？是自然教它的。自然的命令何其严重：夏天不由你不爱风，冬天不由你不爱日。自然的命令又何其滑稽：在夏天定要你赞颂冬天所诅咒的，在冬天定要你诅咒夏天所赞颂的！

人生也有冬夏。童年如夏，成年如冬；或少壮如夏，老大如冬。在人生的冬夏，自然也常教人的感觉变叛，其命令也有这般严重，又这般滑稽。

不惑之礼

廿六（一九三七）年阴历元旦，我破晓醒来，想道：从今天起，我应该说是四十岁了。摸摸自己的身体看，觉得同昨天没有什么两样；检点自己的心情看，觉得同昨天也没有什么差异。只是“四十”这两个字在我心里作怪，使我不能再睡了。十年前，我的年岁开始冠用“三十”两字时，我觉得好像头上张了一把薄绸的阳伞，全身蒙了一个淡灰色的影子。现在，我的年岁上开始冠用“四十”两字时，我觉得好比这顶薄绸的阳伞换了一柄油布的雨伞，全身蒙了一个深灰色的影子了。然而这柄雨伞比阳伞质地坚强得多，周围广大得多，不但能够抵御外界的暴风雨，即使落下一阵卵子大的冰雹来，也不能中伤我。设或豺狼当道，狐鬼逼人起来，我还可以收下这柄雨伞来，充作禅杖，给它们打个落花流水呢。

阴历元旦的清晨，四周肃静，死气沉沉，只有附近一个学校里的一群小学生，依旧上学，照常早操，而且喇叭吹得比平日更响，步伐声和喇叭一齐清楚地传到我的耳中。于是我起床了。盥洗毕，展开一张宣纸，抽出一支狼毫，一气呵成地写了这样的几句陶诗：

先师遗训，余岂云坠！四十无闻，斯不足畏。

脂我名车，策我名骥。千里虽遥，孰敢不至！

下面题上“廿六年古历元旦卯时缘缘堂主人书”，盖上一个“学不厌斋”的印章，装进一个玻璃框中，挂在母亲的遗像的左旁。古人二十岁行弱冠礼，我这一套仿佛是四十岁行的不惑之礼。

延年益寿

不惑之礼毕，我坐楼窗前吸纸烟。思想跟了晨风中的烟缕而飘曳了一会儿，不胜恐惧起来。因为我回想过去的四十年，发生了这样的一种感觉：我觉得，人生好比喝酒，一岁喝一杯，两岁喝两杯，三岁喝三杯……越喝越醉，越喝越痴，越迷，终而至于越糊涂，麻木若死尸。只要看孩子们就可知道：十多岁的大孩子，对于人生社会的种种怪现状，已经见怪不怪，行将安之若素了。只有七八岁的小孩子，有时把眼睛睁得桂圆大，惊疑地质问："牛为什么肯被人杀来吃？""叫化子为什么肯讨饭？""兵为什么肯打仗？"……大孩子们都笑他发痴，我只见大孩子们自己发痴。他们已经喝了十多杯酒，渐渐地有些醉，已在那里痴迷起来，糊涂起来，麻木起来了，可胜哀哉！我已经喝了四十杯酒，照理应该麻醉了。幸好酒量较好，还能知道自己醉。然而"人生"这种酒是越喝越浓，越浓越凶的。只管喝下去，我将来一定也有烂醉而不自知其醉的一日，为之奈何！

于是我历数诸师友，私自评较：像某某，数十年如一日，足见其有千钟不醉之量，不胜钦佩；像某某，对醉人时自己也烂醉，遇醒者时自己也立刻清醒，这是

犬能改过

圣之时者，我也不胜钦佩；像某某，愈喝愈醉，几同脱胎换骨，全失本来面目，我仿佛死了一个朋友，不胜惋惜；像某某，醉迷已极，假作不醉，这是予所否者，不屑评较了。我又回溯古贤先哲，推想古代的人生社会，知道他们所喝的也是这一种酒，并没有比我们的和善。始知人的醉与不醉，不在乎酒的凶与不凶，而在乎量的大与不大。

我怕醉，而“人生”这种酒强迫我喝。在这“恶醉强酒”的生活之下，我除了增大自己的酒量以外，更没有别的方法可以避免喝酒。怎样增大我的酒量？只有请教“先师遗训”了。

于是我拣出靖节诗集来，通读一遍，折转了三处书角。再拿出宣纸和狼毫来，抄录了这样的三首诗：

日暮天无云，春风扇微和。佳人美清夜，达曙酣且歌。

歌竟长叹息，持此感人多。皎皎云间月，灼灼叶中花。

岂无一时好，不久当如何？

迢迢百尺楼，分明望四荒。暮作归云宅，朝为飞鸟堂。

山河满目中，平原独茫茫。古时功名士，慷慨争此场。

一旦百岁后，相与还北邙。松柏为人伐，高坟互低昂。

颓基无遗主，游魂在何方。荣华诚足贵，亦复可怜伤！

人生归有道，衣食固其端。孰是都不营，而以求自安？

开春理常业，岁功聊可观。晨出肆微勤，日入负耒还。

山中饶霜露，风气亦先寒，田家岂不苦，弗获辞此难。

四体诚乃疲，庶无异患干，盥濯息檐下，斗酒散襟颜。

遥遥沮溺心，千载乃相关。但愿常如此，躬耕非所叹。

写好后，从头至尾阅读一遍，用朱笔在警句上加了些圈；好好地保存了。因为这好比一张醒酒的药方。以后“人生”的酒推上来时，只要按方服药，就会清醒。我的酒量就仿佛增大了。

这样，廿六年阴历元旦完成了我的不惑之礼。

第四辑

我的苦学经验

我企慕这种孩子们的生活的天真，艳羡这种孩子们的世界的广大，或者有人笑我故意向未练的孩子们的空想界中找求荒唐的乌托邦，以为逃避现实之所。但我也可笑他们的屈服于现实，忘却人类的本性。

我的苦学经验

我于一九一九年，二十二岁的时候，毕业于杭州的浙江省立第一师范学校。这学校是初级师范。我在故乡的高等小学毕业，考入这学校，在那里肄业五年而毕业。故这学校的程度，相当于现在的中学校，不过是以养成小学教师为目的的。

但我于暑假时在这初级师范毕业后，既不作小学教师，也不升学，却就在同年的秋季，来上海创办专门学校，而作专门科的教师了。这种事情，现在我自己回想想也觉得可笑。但当时自有种种的因缘，使我走到这条路上。因缘者何？因为我是偶然入师范学校的，并不是抱了作小学教师的目的而入师范学校的。（关于我的偶然入师范，现在属于题外，不便详述。异日拟另写一文，以供青年们投考的参考。）故我在校中只是埋头攻学，并不注意于教育。在四年级的时候，我的兴味忽然集中在图画上了。甚至抛弃其他一切课业而专习图画，或托事请假而到西湖上去作风景写生。所以我在校的前几年，学期考试的成绩屡列第一名，而毕业时已降至第二十名。因此毕业之后，当然无意于作小学教师，而希望发挥自己所热衷的图画。但我的家境不许我升学而专修绘画。正在踌躇之际，恰好有同校的高等师范图画手工专修科毕业的吴梦非君，和新从日本研究音乐而归国的旧同学刘质平君，计议在上海创办一个养成图画音乐手工教员的学校，名曰专科师范学校。他们正在招求同人。刘君知道我热衷于图画而又无法升学，就来拉我去帮办。我也不自量力，贸然地答允了他。于是我就做了专科师范的创办人之一，而在这学校之中教授西洋画等课了。这当然是很勉强

远 征

的事。我所有关于绘画的学识，不过在初级师范时偷闲画了几幅木炭石膏模型写生，又在晚上请校内的先生教些日本文，自己向师范学校的藏书楼中借得一部日本明治年间出版的《正则洋画讲义》，从其中窥得一些陈腐的绘画知识而已。我犹记得，这时候我因为自己只有一点对于石膏模型写生的兴味，故竭力主张“忠实写生”的画法，以为绘画以忠实模写自然为第一要义。又向学生演说，谓中国画的不忠于写实，为其最大的缺点；自然中含有无穷的美，唯能忠实于自然模写者，方能发见其美。就拿自己在师范学校时放弃了晚间的自修课而私下在图画教室中费了十七小时而描成的Venus头像的木炭画揭示学生，以鼓励他们的忠实写生。当一九二〇年的时代，而我在上海的绘画专门学校中励行这样的画风，现在回想起来，真是闭门造车。然而当时的环境，颇能容纳我这种教法。因为当时中国宣传西洋画的机关绝少，上海只有一所美术专门学校，专科师范是第二个兴起者。当时社会上人士，大半尚未知道西洋画为何物，或以为美女月份牌就是西洋画的代表，或以为香烟牌子就是西洋画的代

此路不通！

表。所以在世界上看来我虽然是闭门造车，但在中国之内，我这种教法大可卖野人头呢。但野人头终于不能常卖，后来我渐渐觉得自己的教法陈腐而有破绽了，因为上海宣传西洋画的机关日渐多起来，从东西洋留学归国的西洋画家也时有所闻了。我又在上海的日本书店内购得了几册美术杂志，从中窥知了一些最近西洋画界的消息，以及日本美术界的盛况，觉得从前在《正则洋画讲义》中所得的西洋画知识，实在太陈腐而狭小了。虽然别的绘画学校并不见有比我更新的教法，归国的美术家也并没有什么发表，但我对于自己的信用已渐渐丧失，不敢再在教室中扬眉瞬目而卖野人头了。我懊悔自己冒昧地当了这教师。我在布置静物写生标本的时候，曾为了一只青皮的橘子而起自伤之念，以为我自己犹似一只半生半熟的橘子，现在带着青皮卖掉，给人家当作习画标本了。我想窥见西洋画的全豹，我也想到东西洋去留学，做了美术家而归国。但是我的境遇不许我留学。况且我这时候已经有了妻子。做教师所得的钱，赡养家庭尚且不够，哪里来留学的钱呢？经过了许久烦恼的日月，终于决定非赴日本不可。我在专科师范中当了一年半的教师，在一九二一年的早春，向我的姊丈周印池君借了四百块钱（这笔钱我才于二三年前还他。我很感谢他第一个惠我的同情），就抛弃了家庭，独自冒险地到东京去了。得去且去，以后的问题以后再说。至少，我用完了这四百块钱而回国，总得看一看东京美术界的状况了。

但到了东京之后，就有许多关切的亲戚朋友，设法接济我的经济。我的岳父给我约了一个一千元的会，按期寄洋钱给我，专科师范的同人吴刘二君，亦各以金钱相遗赠，结果我一共得了约二千块钱，在东京维持了足足十个月的用度，到了同年的冬季，金尽而返国。这一去称为留学嫌太短，称为旅行嫌太长，成了三不像的东西。同时我的生活也是三不像的。我在这十个月内，前五个月是上午到洋画研究会中去习画，下午读日本文。后五个月废止了日本文，而每日下午到音乐研究会中去学提琴，晚上又去学英文。然而各科都常常请假，拿请假的时间来参观展览会，听音乐会，访图书馆，看opera[①]，以及游玩名胜，钻旧书店，跑夜摊（Yomise）。因为这时候我已觉悟了各种学问的深广，我只有区区十个月的求学时间，决不济事。不如走马看花，吸呼一些东京艺术界的空气而回国吧。幸而我对于日本文，在国内时已约略懂得一点，会话也早已学得了几声。到东京后，旅舍中唤茶、商店中买物等事，勉强能够对付。我初到东京的时候，随了众同国人入东亚预备学校学习日语，嫌其程度太低，教法太慢，读了几个礼拜就辍学。自己异想天开，为了学习日本语的目的，向一个英语学校的初级班报名，每日去听讲两小时。他们是从A boy，a dog[②]教起的，所用的英文教本与开明第一英文读本程度相同。对于英文我已完全懂得，我的目的是要听这位日本先生怎样地用日本语来解说我所已懂得的英文，便在这时候偷取日本语会话的诀窍，这异想天开的办法果然成功了。

---

①opera：英语，意即歌剧。

②A boy，a dog：英语，即“一个男孩，一只狗”，指最浅的英文基础课。

我在那英语学校里听了一个月讲，果然于日语会话及听讲上获得了很多的进步。同时看书的能力也进步起来。本来我只能看《正则洋画讲义》一类的刻板的叙述体文字，现在连《不如归》和《金色夜叉》(日本旧时很著名的两部小说)都会读了。我的对于文学的兴味，是从这时候开始的。以后我就为了学习英语的目的而另入一英语学校。我报名入最高的一班，他们教我读伊尔文的*Sketch Book*①。这时候我方才知道英文中有这许多难记的生字(我在师范学校毕业时只读到《天方夜谭》)。兴味一浓，我便嫌先生教得太慢。后来在旧书店里找到了一册*Sketch Book*讲义录，内有详细的注解和日译文，我确信这可以自修，便辍了学，每晚伏在东京的旅舍中自修*Sketch Book*。我自己限定于几个礼拜之内把此书中所有一切生字抄写在一张图画纸上，把每字剪成一块块的纸牌，放在一只匣子中。每天晚上，像摸数算命一般地向匣子中探摸纸牌，温

---

① Sketch book: 指美国作家华盛顿·欧文(washingtonlrving, 1783-1859)的《见闻杂记》。(伊尔文是旧译，现在一般译为欧文。)

习生字。不久生字都记诵，*Sketch Book* 全部都会读，而读起别的英语小说来也很自由了。路上遇见英语学校的同学，询知道他们只教了全书的几分之一，我心中觉得非常得意。从此我对于学问相信用机械的方法而下苦功。知识这样东西，要其能够于应用，分量原是有限的。我们要获得一种知识，可以先定一个范围，立一个预算，每日学习若干，则若干日可以学毕，然后每日切实地实行，非大故不准间断，如同吃饭一样。照我当时的求学的勇气预算起来，要得各种学问都不难：东西洋知名的几册文学大作品，我可以克日读完；德文法文等，我都可以依赖各种自修书而在最短时期内学得读书的能力；提琴教则本 *Homabmn*（《霍曼》）五册，我能每日练习四小时而在一年之内学毕；除了绘画不能硬要进步以外，其余的学问，在我都可以用机械的用功方法来探求其门径。然而这都是梦想，我的正式求学的时间只有十个月，能学得几许的学问呢？我回国之后，回想在东京所得的，只是描了十个月的木炭画，拉完了三本 *Homabmn*，此外又带了一些读日本文和读英文的能力而回国。回国之后，我为了生活和还债，非操职业不可。没有别的职业可操，只得仍旧做教师。一直做到了今年的秋季。十年来我不断地在各处的学校中做图画音乐或艺术理论的教师。一场重大的伤寒病令我停止了教师的生活。现在蛰居在嘉兴的穷巷老屋中，伴着了药炉茶灶而写这篇稿子。

故我出了中学以后，正式求学的时期只有可怜的十个月。此后都是非正式的求学，即在教课的余暇读几册书而已。但我的绘画音乐的技术，从此日渐荒废了。因为技术不比别的学问，需要种种的设备，又需要每日不断的练习时间。研究绘画须有画室，研究音乐须有乐器，设备不周就无从用功。停止了几天，笔法就生疏，手指就僵硬。做教师的人，居处无定，时间又无定，教课准备又忙碌，虽有利用课余以研究艺术的梦想，但每每不能实行。日久荒废更甚。我的油画箱和提琴，久已高搁在书橱的最高层，其上积着寸多厚的灰尘了。手痒的时候，拿毛笔在废纸上涂抹，偶然成了那种漫画。口痒的时候，在口琴上吹奏简单的旋律，令家里的孩子们和着了唱歌，聊以慰藉我对于音乐的嗜好。世间与我境遇相似而酷嗜艺术的青年们，听了我的自述，恐要寒心吧！

但我幸而还有一种可以自慰的事，这便是读书。我的正式求学的十个月，给了我一些阅读外国文的能力。读书不像研究绘画音乐地需要设备，也不像研究绘画音乐地需要每日不断的练习。只要有钱买书，空的时候便可阅读。我因此得在十年的非正式求学期中读了几册关于绘画、音乐艺术等的书籍，知道了世间的一些些事。我在教课的时候，常把自己所读过的书译述出来，给学生们做讲义。后来有朋友开书店，我乘机把这些讲义稿子交他刊印为书籍，不期地走到了译著的一条路上。现在我还是以读书和译著为生活。回顾我的正式求学时代，初级师范的五年只给我一个学业的基础，东京的十个月间的绘画音乐的技术练习已付诸东流。独有非正式求学时代的读书，十年来一直随伴着我，慰藉我的寂寥，扶持我的生活。这真是以前所梦想不到的偶然的结果。我的一生都是偶然的，偶然入师范学校，偶然欢喜绘画音乐，偶然读书，偶然译著，此后正不知还要逢到何种偶然的机缘呢。

读我这篇自述的青年诸君！你们也许以为我的读书

生活是幸运而快乐的；其实不然，我的读书是很苦的。你们都是正式求学，正式求学可以堂堂皇皇地读书，这才是幸运而快乐的。但我是非正式求学，我只能伺候教课的余暇而偷偷隐隐地读书。做教师的人，上课的时候当然不能读书，开议会的时候不能读书，监督自修的时候也不能读书，学生课外来问难的时候又不能读书，要预备明天的教授的时候又不能读书。担任了它一小时的功课，便是这学校的先生，便有参加议会、监督自修、解答问难、预备教授的义务；不复为自由的身体，不能随了读书的兴味而读书了。我们读书常被教务所打断，常被教务所分心，决不能像正式求学的诸君的专一。所以我的读书，不得不用机械的方法而下苦功，我的用功都是硬做的。

我在学校中，每每看见用功的青年们，闲坐在校园里的青草地上，或桃花树下，伴着了蜂蜂蝶蝶、燕燕莺莺，手执一卷而用功。我羡慕他们，真像潇洒的林下之士！又有用功的青年们，拥着绵被高枕而卧在寝室里的眠床中，手执一卷而用功。我也羡慕他们，真像耽书的大学问家！有时我走近他们去，借问他们所读为何书，原来是英文数学或史地理化，他们是在预备明天的考试。这使我更加要羡慕煞了。他们能用这样轻快闲适的态度而研究这类知识科学的书，岂真有所谓“过目不忘”的神力么？要是我读这种书，我非吃苦不可。我须得埋头在案上，行种种机械的方法而用笨功，以硬求记诵。诸君倘要听我的笨话，我愿把我的笨法子一一说给你们听。

在我，只有诗歌、小说、文艺，可以闲坐在草上花下或偃卧在眠床中阅读。要我读外国语或知识学科的书，我必须用笨功。请就这两种分述之。

第一，我以为要通一国的国语，须学得三种要素，即构成其国语的材料、方法，以及其语言的腔调。材料就是“单语”，方法就是“文法”，腔调就是“会话”。我要学得这三种要素，都非行机械的方法而用笨功不可。

“单语”是一国语的根底。任凭你有何等的聪明力，不记单语决不能读外国文的书，学生们对于学科要求伴着趣味，但谙记生字极少有趣味可伴，只得劳你费点心了。我的笨法子即如前所述，要读 *Sketch Book*，

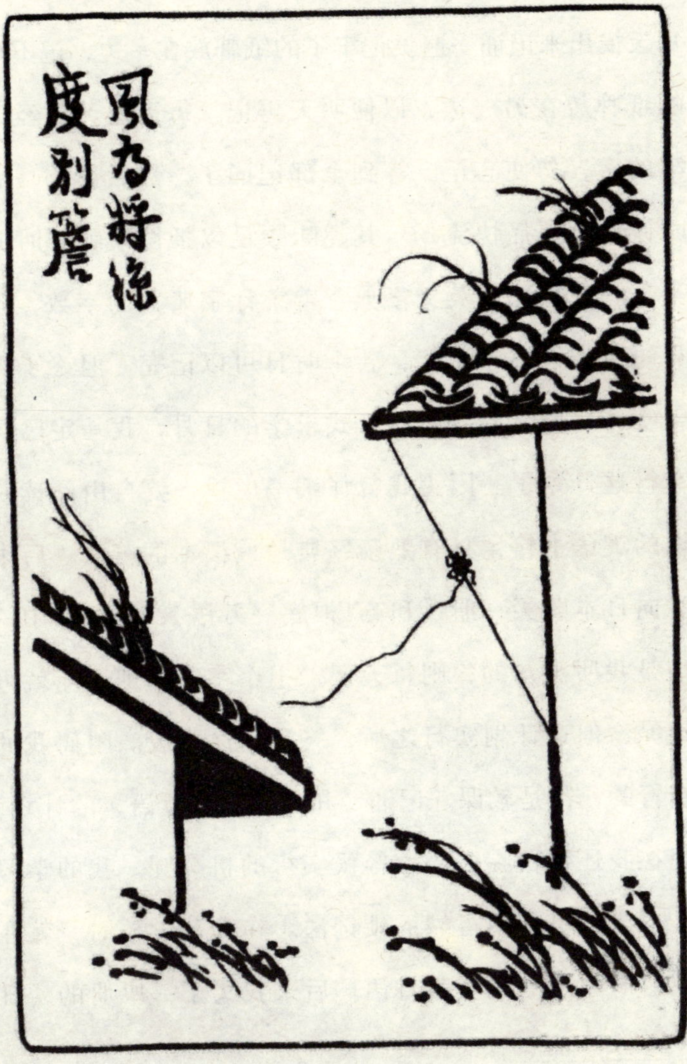

风为将丝度别檐

先把*Sketch Book*中所有的生字写成纸牌，放在匣中，每天摸出来记诵一遍。记牢了的纸牌放在一边，记不牢的纸牌放在另一边，以便明天再记。每天温习已经记牢的字，勿使忘记。等到全部记诵了，然后读书，那时候便觉得痛快流畅。其趣味颇足以抵偿摸纸牌时的辛苦。我想熟读英文字典，曾统计字典上的字数，预算每天记诵二十个字，若干时日可以记完。但终于未曾实行。倘能假我数年正式求学的日月，我一定已经实行这计划了。因为我曾仔细考虑过，要自由阅读一切的英语书籍，只有熟读字典是最根本的善法。后来我向日本购买一册《和英[①]根底一万语》，假如其中一半是我所已知的，则每天记二十个字，不到一年就可记完，但这计划实行之后，终于半途而废。阻碍我的实行的，都是教课。记诵《和英根底一万语》的计划，现在我还保留在心中，等候实行的机会呢。我的学习日本语，也是用机械的硬记法。在师范学校时，就在晚上请校中的先生教日语。后来我买了一厚册的《日

①和英：在日文中，日本国又称“大和”，故“和英”即“日英”之意。

语完璧》，把后面所附的分类单语，用前述的方法一一记诵。当时只是硬记，不能应用，且发音也不正确；后来我到了日本，从日本人的口中听到我以前所硬记的单语，实证之后，我脑际的印象便特别鲜明，不易忘记。这时候的愉快也很可以抵偿我在国内硬记时的辛苦。这种愉快使我甘心消受硬记的辛苦，又使我始终确信硬记单语是学外国语的最根本的善法。

关于学习“文法”，我也用机械的笨法子。我不读文法教科书，我的机械的方法是“对读”。例如拿一册英文圣书和一册中文圣书并列在案头，一句一句地对读。积起经验来，便可实际理解英语的构造和各种词句的腔调。圣书之外，他种英文名著和名译，我亦常拿来对读。日本有种种英和对译丛书，左页是英文，右页是日译，下方附以注解。我曾从这种丛书得到不少的便利。文法原是本于论理的，只要论理的观念明白，便不学文法，不分 noun 与 verb①亦可以读通英文。但对读的态度当然是要非常认真。须要一句一字地对

① noun 与 verb：英语，noun 意即名词，vetb 意即动词。

勘，不解的地方不可轻轻通过，必须明白了全句的组织，然后前进。我相信认真地对读几部名作，其功效足可抵得学校中数年英文教科。——这也可说是无福享受正式求学的人的自慰的话；能入学校中受先生教导，当然比自修更为幸福。我也知道入学是幸福的，但我真犯贱，嫌它过于幸福了。自己不费钻研而袖手听讲，由先生拖长了时日而慢慢地教去，幸福固然幸福了，但求学心切的人怎能耐烦呢？求学的兴味怎能不被打断呢？学一种外国语要拖长许久的时日，我们的人生有几回可供拖长呢？语言文字，不过是求学问的一种工具，不是学问的本身。学些工具都要拖长许久的时日，此生还来得及研究几许学问呢了？拖长了时日而学外国语，真是俗语所谓“拉得被头直，天亮了！”我固然无福消受入校正式求学的幸福；但因了这个理由，我也不愿消受这种幸福，而宁愿独自来用笨功。

关于“会话”，即关于言语的腔调的学习，我又喜用笨法子。学外国语必须通会话。与外国人对晤当然须通会话，但自己读书也非通会话不可。因为不通会话，不能体会语言的腔调；腔调是语言的神情所寄托的地方，不能体会腔调，便不能彻底理解诗歌小说戏剧等文学作品的精神。故学外国语必须通会话。能与外国人共处，当然最便于学会话。但我不幸而没有这种机会，我未曾到过西洋，我又是未到东京时先在国内自习会话的。我的学习会话，也用笨法子，其法就是“熟读”。我选定了一册良好而完全的会话书，每日熟读一课，克期读完。熟读的方法更笨，说来也许要惹人笑。我每天自己上一课新书，规定读十遍。计算遍数，用选举开票的方法，每读一遍，用铅笔在书的下端划一笔，便凑成一个字。不过所凑成的不是选举开票用的“正”字，而是一个“讀”字。例如第一天读第一课，读十遍，每读一遍画一笔，便在第一课下面画了一个“言”字旁和一个“士”字头。第二天读第二课，亦读十遍，亦在第二课下面画一个“言”字和一个“士”字，继续又把昨天所读的第一课温习五遍，即在第一课的下面加了一个“四”字。第三天在第三课下画一“言”字和“士”字，继续温习昨日的第二课，在第二课下面加一“四”字，又继续温习前日的第一课，在第一课下面再加了一个“目”字。第四天在第四课下面画一“言”字和一“士”字，继续在第三课下加一“四”字，第二课下加一“目”字，第一课下加一“八”字，到了第四天而第一课下面的“讀”字方始完成。这样下去，每课下面的“讀”字，逐一完成。“讀”字共有二十二笔，故每课共读二十二遍，即生书读十遍，第二天温五遍，第三天又温五遍，第四天再温二遍。故我的旧书中，都有铅笔画成的“讀”字，每课下面有了一个完全的“读”字，即表示已经熟读了。这办法有些好处：分四天温习，屡次反复，容易读熟。我完全信托这机械的方法，每天像和尚念经一般地笨读。但如法读下去，前面的各课自会逐渐地从我的唇间背诵出来，这在我又感得一种愉快，这愉快也足可抵偿笨读的辛苦，使我始终好笨而不迁。会话熟读的效果，我于英语尚未得到实证的机会，但于日本语我已经实证了。我在国内时只是笨读，虽然发音和语调都不正确，但会活的资料已经完备了。故一听到日本人的说话，就不难就自己所已有的资料而改正其发音和语调，比较到了日本而从头学起来的，进步快速得多。不但会话，我又常从对读的名著中选择几篇自己所最爱读的短文，把它分为数段，而用前述的笨法子按日熟读。例如 Stevenson①和夏目漱石的作品，是我所最喜熟读的材料。我的对于外国语的理解，和对于文学作品的理解，都因了这熟读的方法而增进一些。这益使我始终好笨而不迁了。——以上是我对于外国语的学习法。

第二，对于知识学科的书的读法，我也有一种见地：知识学科的书，其目的主要在于事实的报告；我们读史地理化等书，亦无非欲知道事实。凡一种事实，必有一个系统。分门别类，源源本本，然后成为一册知识学科的书。读这种书的第一要点，是把握其事实的系统。即读者也须源源本本地谙记其事实的系统，却不可从局部着手。例如研究地理，必须源源本本地探求世界共分几大洲，每大洲有几国，每国有何种山川形胜等。则读毕之后，你的头脑中就摄取了地理的全部学问的梗概，虽然未曾详知各国各地的细情，但地理是什么样一种学问，我们已经知道了。反之，若

① Stevenson：即斯蒂文森（Robert Louis Stevenson，1850—1894），英国小说家。

不从大处着眼，而孜孜从事于局部的记忆，即使你能背诵喜马拉雅山高几尺，尼罗河长几里，也只算一种零星的知识，却不是研究地理。故把握系统，是读知识学科的书籍的第一要点。头脑清楚而记忆力强大的人，凡读一书，能处处注意其系统，而在自己的头脑中分门别类，作成井然的条理；虽未看到书中详叙细事的地方，亦能知道这详叙位在全系统中哪一门哪一类哪一条之下，及其在全部中重要程度如何。这仿佛在读者的头脑中画出全书的一览表，我认为这是知识书籍的最良的读法。

但我的头脑没有这样清楚，我的记忆力没有这样强大。我的头脑中地位狭窄，画不起一览表来。倘教我闲坐在草上花下或偃卧在眠床中而读知识学科的书，我读到后面便忘记前面。终于弄得条理不分，心烦意乱，而读书的趣味完全灭杀了。所以我又不得不用笨法子。我可用一本 notebook[①]来代替我的头脑，在 notebook 中画出全书的一览表。所以我读书非常吃苦，我必须

---

① notebook：英语，笔记本。

准备了 notebook 和笔，埋头在案上阅读。读到纲领的地方，就在 notebook 上列表，读到重要的地方，就在 notebook 上摘要。读到后面，又须时时翻阅前面的摘记，以明此章此节在全体中的位置。读完之后，我便抛开书籍，把 notebook 上的一览表温习数次。再从这一览表中摘要，而在自己的头脑中画出一个极简单的一览表。于是这部书总算读过了。我凡读知识学科的书，必须用 notebook 摘录其内容的一览表。所以十年以来，积了许多的 notebook，经过了几次迁居损失之后，现在的废书架上还留剩着半尺多高的一堆 notebook 呢。

我没有正式求学的福分，我所知道于世间的一些些事，都是从自己读书而得来的；而我的读书，都须用上述的机械的笨法子。所以看见闲坐在青草地上，桃花树下，伴着了蜂蜂蝶蝶、燕燕莺莺而读英文数学教科书的青年学生，或拥着绵被高枕而卧在眠床中读史地理化教科书的青年学生，我羡慕得真要怀疑！

两个“？”

两个“？”，从幼小时候就隐约地出现在我的眼前。但我到了三十岁上方才明确地看见它们。我想捉住它们来一看究竟，就被它们引诱入佛教中。现在我把被引诱的经过写些出来。

第一个“？”叫做“空间”。我孩提时跟着我的父母住在故乡石门湾的一间老屋里，以为老屋是一个独立的天地。老屋的壁的外面是甚么东西？我全不想起。有一天，邻家的孩子从壁缝间塞进一根鸡毛来，我吓

天地为室庐　园林是鸟笼

了一跳；同时，悟到了屋的构造，知道屋的外面还有屋，空间的观念渐渐明白了。我稍长，店里的伙计抱了我步行到离家二十里的石门城里的姑母家去，我在路上看见屋宇毗连，想象这些屋与屋之间都有壁，壁间都可塞过鸡毛。经过了很长的桑地和田野之后，进城来又是毗连的屋宇，地方似乎是没有穷尽的。从前我把老屋的壁当作天地的尽头，现在知道不然。我指着城外问大人们："再过去还有地方么？"大人们回答我说："有，嘉兴，苏州，上海；有高山，有大海，还有外国。你大起来都可去玩。"一个粗大的"？"隐约地出现在我的眼前。回家以后，早晨醒来，躺在床上，驰想：床的里面是帐，除去了帐是壁，除去了壁是邻家的屋，除去了邻家的屋又是屋，除完了屋是空地，空地完了又是城市的屋，或者是山是海，除去了山，渡过了海，一定还有地方……空间到甚么地方为止呢？我把这疑问质问大姊，大姊回答我说："到天边上为止。"她说天像一只极大的碗覆在地面上。天边上是地的尽头。这话我当时还听得懂。但天边的外面又是甚么地方呢？大姊说："不可知了。"很大的"？"

又出现在我的眼前，但须臾就隐去。我且吃我的糖果，玩我的游戏罢。

我进了学校，先生教给我地球的知识。从前的疑问到这时候豁然地解决了。原来地是一个球。那么，我躺在床上一直向里床方面驰想过去，结果是绕了地球一匝而仍旧回到我的床前。这是何等新奇而痛快的解决！我回家来欣然地把这新闻告诉大姊。大姊说："球的外面是甚么呢？"我说："是空。""空到甚么地方为止呢？"我茫然了。我再到学校去问先生，先生说："不可知了。"很大的"？"又出现在我的眼前，但也不久就隐去。我且读我的英文，做我的算术罢。

我进师范学校，先生教我天文。我怀着热烈的兴味而听讲，希望对于小学时代的疑问，再得一个新奇而痛快的解决。但终于失望，先生说："天文书上所说的只是人力所能发见的星球。"又说："宇宙是无穷大的。"无穷大的状态，我不能想象。我仍是常常驰想，这回我不再躺在床上向横方驰想，而是仰首向天上驰想；向这苍苍者中一直上去，有没有止境？有的么，其处的状态如何？没有的么，使我不能想象。我眼前的“?”比前愈加粗大，愈加迫近。夜深人静的时候，我屡屡为了它而失眠。我心中愤慨地想：我身所处的空间的状态都不明白，我不能安心做人！世人对于这个切身而重大的问题，为甚么都不说起？以后我遇见人，就向他们提出这疑问。他们或者说不可知，或一笑置之，而谈别的时事了。我愤慨地反抗："朋友！这个问题比你所谈的时事重大得多，切身得多！你为甚么不理？"听到这话的人都笑了。他们的笑声中似乎在说："你有神经病了。"我不好再问，只得让那粗大的“?”照旧挂在我的眼前，直到它引导我入佛教的时候。

第二个“?”叫做“时间”。我孩提时关于时间只有昼夜的观念。月、季、年、世等观念是没有的。我只知道天一明一暗，人一起一睡，叫做一天。我的生活全部沉浸在“时间”的急流中，跟了它流下去，没有抬起头来望望这急流的前后的光景的能力。有一次新年里，大人们问我几岁，我说六岁。母亲教我："你还说六岁？今年你是七岁了，已经过了年了。"我记得这样的事以前似曾有过一次。母亲教我说六岁时也是

唯有旧巢燕　主人贫亦归

这样教的。但相隔久远，记忆模糊不清了。我方才知道这样时间的间隔叫做一年，人活过一年增加一岁。那时我正在父亲的私塾里读完《千字文》，有一晚，我到我们的染坊店里去玩，看见帐桌上放着一册帐簿，簿面上写着“菜字元集”这四字。我问管帐先生，这是甚么意思。他回答我说：“这是用你所读的《千字文》上的字来记年代的。这店是你们祖父手里开张的。开张的那一年所用的第一册帐簿，叫做‘天字元集’，第二年的叫做‘地字元集’，天地玄黄，宇宙洪荒……每年用一个字。用到今年正是‘菜重芥姜’的‘菜’字。”因为这事与我所读的书有关连，我听了很有兴味。他笑着摸摸他的白胡须，继续说道：“明年‘重’字，后年‘芥’字，我们一直开下去，开到‘焉哉乎也’的‘也’字，大家发财！”我口快地接着说：“那时你已经死了，我也死了！”他用手掩住我的口道：“话勿得！话勿得！大家长生不老！大家发财！”我被他弄得莫名其妙，不敢再说下去了。但从这时候起，我不复全身沉浸在“时间”的急流中跟它飘流。我开始在这急流中抬起头来，回顾后面，眺望前面，想看看“时间”这东西的状态。我想，我们这店即使依照千字文开了一千年，但“天”字以前和“也”字以后，一定还有年代。那么，时间从何时开始，何时了结呢？又是一个粗大的“？”隐约地出现在我的眼前。我问父亲：“祖父的父亲是谁？”父亲说：“曾祖。”“曾祖的父亲是谁？”“高祖。”“高祖的父亲是谁？”父亲看见我有些像孟尝君，笑着抚我的头，说道：“你要知道他做甚么？人都有父亲，不过年代太远的祖宗，我们不能一一知道他的人了。”我不敢再问，但在心中思维“人都有父亲”这句话，觉得与空间的“无穷大”同样不可想象。很大的“？”又出现在我的眼前。

我入小学校，历史先生教我盘古氏开天辟地的事。我心中想天地没有开辟的时候状态如何？盘古氏的父亲是谁？他的父亲的父亲的父亲……又是谁？同学中没有一个提出这样的疑问，我也不敢质问先生。我入师范学校，才知道盘古氏开天辟地是一种靠不住的神话。又知道西洋有达尔文的“进化论”，人类的远祖就是做戏法的人所畜的猴子，而且猴子还有它的远祖。从我们向过去逐步追溯上去，可一直追溯到生物的起源，地球的诞生，太阳的诞生，宇宙的诞生。再从我们向未来推想下去，可一直推想到人类的末日，生物的绝种，地球的毁坏，太阳的冷却，宇宙的寂灭。但宇宙诞生以前，和寂灭以后，“时间”这东西难道也没有了么？“没有时间”的状态，比“无穷大”的状态愈加使我不能想象。而时间的性状实比空间的性状愈加难于认识。我在自己的呼吸中窥探时间的流动痕迹，一个个的呼吸鱼贯地翻进“过去”的深渊中，无论如何不可挽留。我害怕起来，屏住了呼吸，但自鸣钟仍在“的格，的格”地告诉我时间的经过。一个个的“的格”鱼贯地翻进过去的深渊中，仍是无论如何不可挽留的。时间究竟怎样开始？将怎样告终？我眼前的“？”比前愈加粗大，愈加迫近了。夜深人静的时候，我屡屡为它失眠。我心中愤慨地想：我的生命是跟了时间走的。“时间”的状态都不明白，我不能安心做人！世人对于这个切身而重大的问题，为甚么都不说起？以后我遇见人，就向他们提出这个问题。他们或者说不可知，或者一笑置之，而谈别的时事了。我愤慨地反抗：“朋友！我这个问题比你所谈的时事重大得多，切身得多！

你为甚么不理？”听到这话的人都笑了。他们的笑声中似乎在说：“你有神经病了！”我不好再问，只得让那粗大的“？”照旧挂在我的眼前，直到它引导我入佛教的时候。

作客者言

有一位天性真率的青年，赴亲友家作客，归家的晚上，垂头丧气地跑进我的房间来，躺在藤床上，不动亦不语。看他的样子很疲劳，好像做了一天苦工而归来似的。我便和他问答：

“你今天去作客，喝醉了酒么？”

“不，我不喝酒，一滴儿也不喝。”

“那么为甚么这般颓丧？”

“因为受了主人的异常优礼的招待。”

我惊奇地笑道："怪了！作客而受主人优待，应该舒服且高兴，怎的反而这般颓丧？倒好像被打翻了似的。"

他苦笑地答道："我宁愿被打一顿，但愿以后不再受这种优待。"

我知道他正在等候我去打开他的话匣子来。便放下笔，推开桌上的稿纸，把坐着的椅子转个方向，正对着他。点起一支烟来，津津有味地探问他："你受了怎样异常优礼的招待？来！讲点给我听听看！"

他抬起头来看看我桌上的稿件，说："你不是忙写稿么？我的话说来长呢！"

我说："不，我准备一黄昏听你谈话。并且设法慰劳你今天受优待的辛苦呢。"

他笑了，从藤床上坐起身来，向茶盘里端起一杯菊花茶来喝了一口，慢慢地、一五一十地把这一天赴亲友家作客而受异常优礼的招待的经过情形描摹给我听。

以下所记录的便是他的话：

我走进一个幽暗的厅堂，四周阒然无人。我故意把脚步走响些，又咳嗽几声，里面仍然没有人出来；外面的厢房里倒走进一个人来。这是一个工人，好像是管门的人。他两眼钉住我，问我有甚么事。我说访问某先生。他说“片子！”我是没有名片的，回答他说：“我没有带名片，我姓某名某，某先生是知道我的，烦你去通报罢。”他向我上下打量了一回，说一声“你等一等”，怀疑似地进去了。

我立着等了一会，望见主人缓步地从里面的廊下走出来。

走到望得见我的时候，他的缓步忽然改为趋步，拱起双手，口中高呼“劳驾，劳驾！”一步紧一步地向我赶将过来，其势急不可当，我几乎被吓退了。因为我想，假如他口中所喊的不是“劳驾，劳驾”而换了“捉牢，捉牢”，这光景定是疑心我是窃了他家厅上的宣德香炉而赶出来捉我去送公安局。幸而他赶到我身边，并不捉牢我，只是连连地拱手，弯腰，几乎要拜倒在地。我也只得模仿他拱手，弯腰，弯到几乎拜倒在地，作为相当的答礼。

大家弯好了腰，主人袒开了左手，对着我说：“请坐，请坐！”他的袒开的左手所照着的，是一排八仙椅

却羡蜗牛自有家

子。每两只椅子夹着一只茶几，好像城头上的一排女墙。我选择最外口的一只椅子坐了。一则贪图近便。二则他家厅上光线幽暗，除了这最外口的一只椅子看得清楚以外，里面的椅子都埋在黑暗中，看不清楚；我看见最外边的椅子颇有些灰尘，恐怕里面的椅子或有更多的灰尘与龌龊，将污损我的新制的淡青灰哔叽长衫的屁股部分，弄得好像被摩登破坏团射了镪水一般。三则我是从外面来的客人，像老鼠钻洞一般地闯进人家屋里深暗的内部去坐，似乎不配。四则最外面的椅子的外边，地上放着一只痰盂，丢香烟头时也是一种方便。我选定了这个好位置，便在主人的“请，请，请”声中捷足先登地坐下了。但是主人表示反对，一定要我“请上坐”。请上坐者，就是要我坐到里面的、或许有更多的灰尘与龌龊、而近旁没有痰盂的椅子上去。我把屁股深深地埋进我所选定的椅子里，表示不肯让位。他便用力拖我的臂，一定要夺我的位置。我终于被他赶走了，而我所选定的位置就被他自己占据了。

当此夺位置的时间，我们二人在厅上发出一片相骂

亲摘园中蔬　敬奉君子宴

似的声音，演出一种打架似的举动。我无暇察看我的新位置上有否灰尘或齷齪，且以客人的身份，也不好意思俯下头去仔细察看椅子的干净与否。我不顾一切地坐下了。然而坐下之后，很不舒服。我疑心椅子板上有甚么东西，一动也不敢动。我想，这椅子至少同外面的椅子一样地颇有些灰尘，我是拿我的新制的淡青灰哔叽长衫来给他揩抹了两只椅子。想少沾些齷齪，我只得使个劲儿，将屁股摆稳在椅子板上，绝不转动摩擦。宁可费些气力，扭转腰来对主人谈话。

正在谈话的时候，我觉得屁股上冷冰冰起来。我脸上强装笑容——因为这正是“应该”笑的时候——心里却在叫苦。我想用手去摸摸看，但又逡巡不敢，恐怕再污了我的手。我作种种猜想，想象这是梁上挂下来的一只蜘蛛，被我坐扁，内脏都流出来了。又想象这是一朵鼻涕、一朵带血的痰。我浑身难过起来，不敢用手去摸。后来终于偷偷地伸手去摸了。指尖触着冷冰冰的湿湿的一团，偷偷摸出来一看，色彩很复杂，有白的，有黑的，有淡黄的，有蓝的，混在一起，好像五色的牙膏。我不辨这是何物，偷偷地丢在椅子旁边的地上了。但心里疑虑得很，料想我的新制的淡青灰哔叽长衫上一定染上一块五色了。但主人并不觉察我的心事，他正在滥用各种的笑声，把他近来的得意事件讲给我听。我记念着屁股底下的东西，心中想皱眉头；然而不好意思用颦蹙之颜来听他的得意事件，只得强颜作笑。我感到这种笑很费力。硬把嘴巴两旁的筋肉吊起来，久后非常酸痛。须得乘个空隙用手将脸上的筋肉用力揉一揉，然后再装笑脸听他讲。其实我没有仔细听他所讲的话，因为我听了好久，已能料知他的下文了。我只是顺口答应着，而把眼睛偷看环境中，凭空地研究我屁股底下的究竟是什么东西。我看见他家梁上筑着燕巢，燕子飞进飞出，遗弃一朵粪在地上，其颜色正同我屁股底下的东西相似。我才知道，我新制的淡青灰哔叽长衫上已经沾染一朵燕子粪了。

外面走进来一群穿长衫的人。他们是主人的亲友或邻居。主人因为我是远客，特地邀他们来陪我。大部分的人是我所未认识的，主人便立起身来为我介绍。他的左手臂伸直，好像一把刀。他用这把刀把新来的一群人一个一个地切开来，同时口中说着：

“这位是某某先生，这位是某某君……”等到他说完的时候，我已把各人的姓名统统忘却了。因为当他介绍时，我只管在那里看他那把刀的切法，不曾用心听着。我觉得很奇怪，为甚么介绍客人姓名时不用食指来点，必用刀一般的手来切？又觉得很妙，为甚么用食指来点似乎侮慢，而用刀一般的手来切似乎客气得多？这也许有造形美术上的根据：五指并伸的手，样子比单伸一根食指的手美丽、和平、而恭敬得多。这是合掌礼的一半。合掌是作个揖，这是作半个揖，当然客气得多。反之，单伸一根食指的手，是指示路径的牌子上或“小便在此”的牌子上所画的手。若用以指客人，就像把客人当作小便所，侮慢太甚了！我当时忙着这样的感想，又叹佩我们的主人的礼貌，竟把他所告诉我的客人的姓名统统忘记了。但觉姓都是百家姓所载的，名字中有好几个“生”字和“卿”字。

主人请许多客人围住一张八仙桌坐定了。这回我不自选座位，一任主人发落，结果被派定坐在左边，独占一面。桌上已放着四只盆子，内中两盆是糕饼，一盆是瓜子，一盆是樱桃。

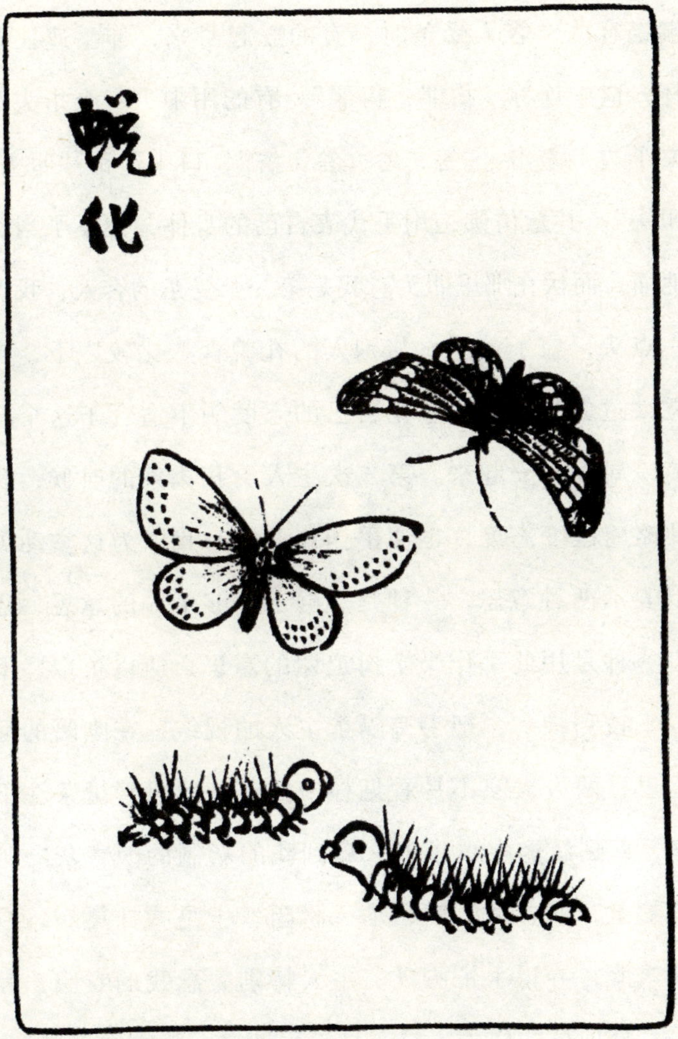

蜕 化

仆人送到一盘茶，主人立起身来，把盘内的茶一一端送客人。客人受茶时，有的立起身来，伸手遮住茶杯，口中连称“得罪，得罪”。有的用中央三个指头在桌子边上敲击：“答，答，答，答”，口中连称“叩头，叩头”。其意仿佛是用手代表自己的身体，把桌子当作地面，而伏在那里叩头。我是第一个受茶的客人，我点一点头，应了一声。与别人的礼貌森严比较之下，自觉太过傲慢了。我感觉自己的态度颇不适合于这个环境，局促不安起来。第二次主人给我添茶的时候，我便略略改变态度，也伸手挡住茶杯。我以为这举动可以表示两种意思，一种是“够了，够了”的意思，还有一种是用此手作半个揖道谢的意思，所以可取。但不幸技巧拙劣，把手遮隔了主人的视线，在幽暗的厅堂里，两方大家不易看见杯中的茶。他只管把茶注下来，直到泛滥在桌子上，滴到我的新制的淡青灰哔叽长衫上，我方才觉察，动手拦阻。于是找抹桌布，揩拭衣服，弄得手忙脚乱。主人特别关念我的衣服，表示十分抱歉的样子，要亲自给我揩拭。我心中很懊恼，但脸上只得强装笑容，连说“不要紧，没有甚么”；其实是“有甚么”的！我的新制的淡青灰哔叽长衫上又染上了芭蕉扇大的一块茶渍！

主人以这事件为前车，以后添茶时逢到伸手遮住茶杯的客人，便用开诚布公似的语调说：“不要客气，大家老实来得好！”客人都会意，便改用指头敲击桌子：“答，答，答，答。”

这办法的确较好，除了不妨碍视线的好处外，又是有声有色，郑重得多。况且手的样子活像一个小形的人：中指像头，食指和无名指像手，大指和小指像足，手掌像身躯，口称“叩头”而用中指“答，答，答，答”地敲击起来，俨然是“五体投地”而“捣蒜”一般叩头的模样。

主人分送香烟，座中吸烟的人，连主人共有五六人，我也在内。主人划一根自来火，先给我的香烟点火。自来火在我眼前烧得正猛，匆促之间我真想不出谦让的方法来，便应了一声，把香烟凑上去点着了。主人忙把已经烧了三分之一的自来火给坐在我右面的客人的香烟点火。这客人正在咬瓜子，便伸手推主人的臂，口里连叫“自来，自来”。“自来”者，并非“自来火”的略语，是表示谦让，请主人“自”己先“来”（就是点香烟）的意思。主人坚不肯“自来”，口中连喊“请，请，请”，定要隔着一张八仙桌，拿着已剩二分之一弱的火柴杆来给这客人点香烟。我坐在两人中间，眼看那根不知趣的火柴杆越烧越短，而两人的交涉尽不解决，心中替他们异常着急。主人又似乎不大懂得燃烧的物理，一味把火头向下，因此火柴杆烧得很快。幸而那客人不久就表示屈服，丢去正咬的瓜子，手忙脚乱地向茶杯旁边捡起他那枝香烟，站起来，弯下身子，就火上去吸。这时候主人手中的火柴杆只剩三分之一弱，火头离开他的指爪只有一粒瓜子的地位了。

出乎我意外的，是主人还要撮着这一粒火柴杆，去给第三个客人点香烟。第三个客人似乎也没有防到这一点，不曾预先取烟在手。他看见主人有“燃指之急”，特地不取香烟，摇手喊道：“我自来，我自来。”主人依然强硬，不肯让他自来。这第三个客人的香烟的点火，终于像救火一般惶急万状地成就了。他在匆忙之中带翻了一只茶杯，幸而杯中盛茶不多，不曾作再度

雁足帛书

的泛滥。我屏息静观，几乎发呆了，到这时候才抽一口气。主人把拿自来火的手指用力地搓了几搓，再划起一根自来火来，为第四个客人的香烟点火。在这事件中，我顾怜主人的手指烫痛，又同情于客人的举动的仓皇。觉得这种主客真难做：吸烟，原是一件悠闲畅适的事；但在这里变成救火一般惶急万状了。

这一天，我和别的几位客人在主人家里吃一餐饭，据我统计，席上一共闹了三回事：第一次闹事，是为了争座位。所争的是朝里的位置。这位置的确最好：别的三面都是两人坐一面的，朝里可以独坐一面；别的位置都很幽暗，朝里的位置最亮。且在我更有可取之点，我患着羞明的眼疾，不耐对着光源久坐，最喜欢背光而坐。我最初看中这好位置，曾经一度占据；但主人立刻将我一把拖开，拖到左边的里面的位置上，硬把我的身体装进在椅子里去。这位置最黑暗，又很狭窄，但我只得忍受。因为我知道这坐位叫做“东北角”，是最大的客位；而今天我是远客，别的客人都是主人请来陪我的。主人把我驱逐到“东北”之后，又和别的客人大闹一场：坐下去，拖起来；装进去，逃出来；

约莫闹了五分钟，方才坐定。“请，请，请，”大家“请酒”，“用菜”。

第二次闹事，是为了灌酒。主人好像是开着义务酿造厂的，多多益善地劝客人饮酒。他有时用强迫的手段，有时用欺诈的手段。客人中有的把酒杯藏到桌子底下，有的拿了酒杯逃开去。结果有一人被他灌醉，伏在痰盂上呕吐了。主人一面照料他，一面劝别人再饮。好像已经“做脱”了一人，希望再麻翻几个似的。我幸而以不喝酒著名，当时以茶代酒，没有卷入这风潮的旋涡中，没有被麻翻的恐慌。但久作壁上观，也觉得厌倦了，便首先要求吃饭。后来别的客人也都吃饭了。

第三次闹事，便是为了吃饭问题。但这与现今世间到处闹着的吃饭问题性质完全相反。这是一方强迫对方吃饭，而对方不肯吃。起初两方各提出理由来互相辩论；后来是夺饭碗——一方硬要给他添饭，对方决不肯再添；或者一方硬要他吃一满碗，对方定要减少半碗。粒粒皆辛苦的珍珠一般的白米，在这社会里全然失却其价值，几乎变成狗子也不要吃的东西了。我没有吃酒，肚子饿着，照常吃两碗半饭。在这里可说是最肯负责吃饭的人，没有受主人责备。因此我对于他们的争执，依旧可作壁上观。我觉得这争执状态真是珍奇；尤其是在到处闹着没饭吃的中国社会里，映成强烈的对比。可惜这种状态的出现，只限于我们这主人的客厅上，又只限于这一餐的时间。若得因今天的提倡与励行而普遍于全人类，永远地流行，我们这主人定将在世界到处的城市被设立生祠，死后还要在世界到处的城市中被设立铜像呢。我又因此想起了以前在你这里看见过的日本人描写乌托邦的几幅漫画：在那漫画的世界里，金银和钞票是过多而没有人要的，到处被弃掷在垃圾桶里。清道夫满满地装了一车子钞票，推到海边去烧毁。半路里还有人开了后门，捧出一畚箕金镑来，硬要倒进他的垃圾车中去，却被清道夫拒绝了。马路边的水门汀上站着的乞丐，都提着一大筐子的钞票，在那里哀求苦告地分送给行人，行人个个远而避之。我看今天座上为拒绝吃饭而起争执的主人和客人们，足有列入那种漫画人物中的资格。请他们侨居到乌托邦去，再好没有了。

我负责地吃了两碗半白米饭，虽然没有受主人责备，但把胃吃坏，积滞了。因为我是席上第一个吃饭的人，主人命一仆人站在我身旁，伺候添饭。这仆人大概受过主人的训练，伺候异常忠实：当我吃到半碗饭的时候，他就开始鞠躬如也地立在我近旁，监督我的一举一动，注视我的饭碗，静候我的吃完。等到我吃剩三分之一的时候，他站立更近，督视更严，他的手跃跃欲试地想来夺我的饭碗。在这样的监督之下，我吃饭不得不快。吃到还剩两三口的时候，他的手早已搭在我的饭碗边上，我只得两三口并作一口地吞食了，让他把饭碗夺去。这样急急忙忙地装进了两碗半白米饭，我的胃就积滞，隐隐地作痛，连茶也喝不下去。但又说不出来。忍痛坐了一会，又勉强装了几次笑颜，才得告辞。我坐船回到家中，已是上灯时分，胃的积滞还没有消，吃不进夜饭。跑到药房里去买些苏打片来代夜饭吃了，便倒身在床上。直到黄昏，胃里稍觉松动些，就勉强起身，跑到你这里来抽一口气。但是我的身体、四肢还是很疲劳，连脸上的筋肉，也因为装了一天的笑，酸痛得很呢。我但愿以后不再受人这种优礼的招待！

他说罢，又躺在藤床上了。我把香烟和火柴送到他手里，对他说："好，待我把你所讲的一番话记录出来。倘能卖得稿费，去买许多饼干、牛奶、巧格力和枇杷来给你开慰劳会罢。"

谈梅兰芳

我只看过一次梅兰芳。约十年前，在上海，不记在何舞台，不记所看何戏，但记得坐的位置很远，差不多在最后一排的边上。因为看客很挤，不容易买得戏票。这位置还是我的朋友托熟人想办法得来的。

记得等了好久，打了许多呵欠，舞台上电灯忽然加亮。台下一阵喝彩，台上走出一个衣服鲜丽得耀目的花旦来，台下又是一阵喝彩。但我望去只见大体，连面貌都看不大清楚。故我只觉得同别的花旦差不多，不过衣服鲜丽，台上电灯加亮而已。台下嘈杂得很，有喝彩声，谈话声，脚步声，以及争座位的相骂声。唱戏声不大听得清楚。即使听得清楚，我那时也听不懂，因为我是不大欢喜看戏的。此来半为友人所拉，半为好奇，想一见这大名鼎鼎的“伶界大王”。

事后我想：我坐在远处，看不清楚梅兰芳的姿态，也好。因为男扮女的花旦，以前曾经给我一个不快的印象，看清楚了恐怕反而没趣。为的是有一次，我到乡下亲戚家作客，适值村上要做夜戏，戏台已经搭好，班子船已停在河埠上。亲戚家就留我过夜，看了戏才去。下午，我同了我的亲戚到河边闲步，看见一个穿竹布大衫而束腰的中年男子，嘴里咬着一支带长甘蔗，从班子船中走上岸来。亲戚指着他对我说，这是花旦。后来我正在庙后登坑，看见一个人手里拿着旱烟筒，头颈下挂着辫子，走进来，也解开裤子，蹲在坑上。其人就是那花旦。这样地见了两次。晚上我立在台前最近最正的位置里看他做花旦戏，觉得异常难看，甚至使人难堪。从此男扮女的花旦给了我一个不快的印象。但梅兰芳，听说与众不同，可惜我没有看清楚。但幸

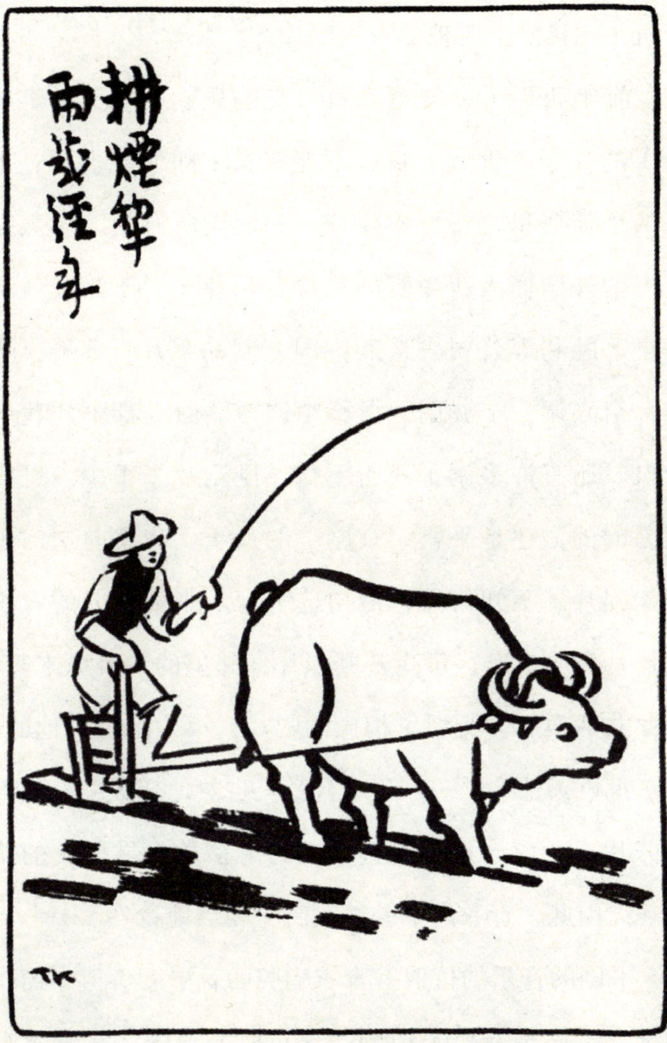

耕烟犁雨几经年

而没有看清楚，使我最近得安心地怀着了好感而在蓄音机（唱机）上听他的青衣唱片。

前年我买了一架蓄音机。交响乐、朔拿大（奏鸣曲）的片子，价钱太贵，不能多买；即使能多买，上海的乐器店里也不能多供应——他们所有的大多数是上海的外国商人所爱听的跳舞音乐片子。于是我就到高亭、胜利等公司去选购中国人制的唱片。苏滩，本滩，绍兴调，宁波调，滑稽小调，歌曲等都不合我的胃口。还有许多调子我听不懂，昆剧片子很少。可听而易购的，还是平剧（京剧）的片子。我就向这门里选购唱片。不知何故，最初选了七八张梅兰芳的青衣唱片。乡居寂寥，每晚开开唱片，邻里的人聚拢来听，借此共话桑麻。听惯了梅氏的唱片，第二批再买他的，第三批再买他的，……我的蓄音机自然地变成了专唱梅兰芳片子的蓄音机。而且所唱的大多数是男扮女的花旦戏。因此，青衣的唱腔给我听得相当地稔熟。

平剧的音乐的价值，青衣唱腔的音乐的价值，当作别论，不是现在所要说的。现在所要说的，是青衣唱腔给我的一种感想。而且这感想也不限于梅兰芳的青

流芳百世

衣。我觉得平剧中的青衣的唱腔，富有女人气。不必理解唱词，但一听腔调，脑际就会浮出一个女子的姿态来，这是西洋音乐上所没有的情形。老生，大面的唱腔，固然也可说富有男人气，但他们的唱腔都不及青衣的委婉曲折。青衣的唱腔，可谓“女相十足”。我每次听到，觉得用日本语中的onnarashii（有女人风度的）一语来形容它，最为适切。在事实上，从古以来，女子决没有用唱代话，而且唱得这样委婉曲折的。然而女子的寻常语调中，确有这么委婉曲折的音乐的动机潜伏着。换言之，青衣唱腔的音乐，是以自来女子的寻常语调为原素，扩张，放大，变本加厉而作成的。这使我联想起中国的仕女画。雪白而平而大的脸孔，细眉细眼，樱桃口，削肩，细腰，纤指，玉腕，长裙，飘带，……世间哪里有这样畸形的女人？然而“女相十足”，onnarashii，使人一见就能辨识其为“女”，而且联想起“女”的种种相，甚至种种性格。为了这也是以自来女子的寻常姿态为原素，扩张，放大，变本加厉而作成的缘故。这也是西洋绘画上所没有的情形。可见以前的音乐、绘画，在东西洋各自成一格调。

言归本题。上面所说的“女相十足”，固然不限于梅兰芳的青衣，一切青衣的唱腔，都是具有这特色的。不过梅氏倘真是“伶界大王”，则他所唱的青衣虚是代表的，即我的唱片没有选错，即上面的话不妨说是为梅氏说的。四十多岁的男子，怎么唱得出这样“女相十足”的腔调？我觉得有些儿惊异。在现代，为什么花旦还是由男子担任，我又觉得有些儿疑问。难道“当女子”这件事，也同“缝纫”和“中馈”一样，闲常由女子司理，出客必须烦成衣和厨夫等男子担任的吗？

看残菊有感

近月来的报纸上，菊花展览会的广告常常傍着了水灾求赈的启事而并载着。我向来缺乏看花的兴趣，对这广告很抱歉。昨天，偶然路过一处菊花展览会，同行的朋友说："这是最后的一天了。我们明年有没有得看菊花？天晓得！进去看一看吧。"我就跟了他进去看。

我懊悔进去看了！因为时节已是初冬，那些菊花都已萎靡或凋残，在北风中颤抖，样子异常可怜。好似伏在地上的一群褴褛的难民，正在伸手向人求施。又好似送尽了青春的繁荣而垂死的人，使我们中年人看了分外惊心动魄。

我看了一看，就拉我的朋友一同出来。我没有从看花受到快乐，却带了一种感伤出来。它一路随伴我，一直跟我到了家里，现在且把我的所感写出些来，聊抒胸中抑郁之情。

看花到底是春日的事。虽说秋花也有冷艳，然而寂寞的秋心难于领略，何况残秋的残菊，怎不令人感伤呢？幼年时唱西洋歌曲《夏天最后的蔷薇》(《夏日里最后的玫瑰》)，曾经兴起感伤，而假想这所谓“最后的蔷薇”便是菊。这会从残菊的展览会里出来，那曲的歌词——Thomas Moore（托马斯·莫尔）的诗——的最后几句特别感伤地在我胸中响着：

So Soon may I follow,when friendships decay;And from love’s shining circle the gems drop away;When true hearts lie withered, and fond ones have flown,Oh,who would inhabit this bleak world alone![1]

---

①大意是：也会跟你前往，当那友情衰亡；宝石从光环上掉落，爱情暗淡无光；当那真诚的心儿枯萎，心爱的人们都去远方，谁愿意孤独地生活，忍受人世凄凉。

以看花为乐事的，恐怕只有少年或乐天家。多感的中年人，大抵看了花易兴人生无常之叹，反而陷入悲哀。故我国古代诗人常以花的易谢来比方或隐射人生的易老。古诗十九首中就有这类的诗句：

伤彼蕙兰花，含英扬光辉，
过时而不采，将随秋草萎。
君亮执高节，贱妾亦何为？

陶潜诗中对此也有痛切的慨叹：

采采荣木，结根于兹。晨耀其华，夕已丧之。人生若寄，憔悴有时。静言孔念，中心怅而。

唐人诗中，我最易想起的是这一首：

劝君莫惜金缕衣，劝君惜取少年时。花开堪折直须折，莫待无花空折枝！

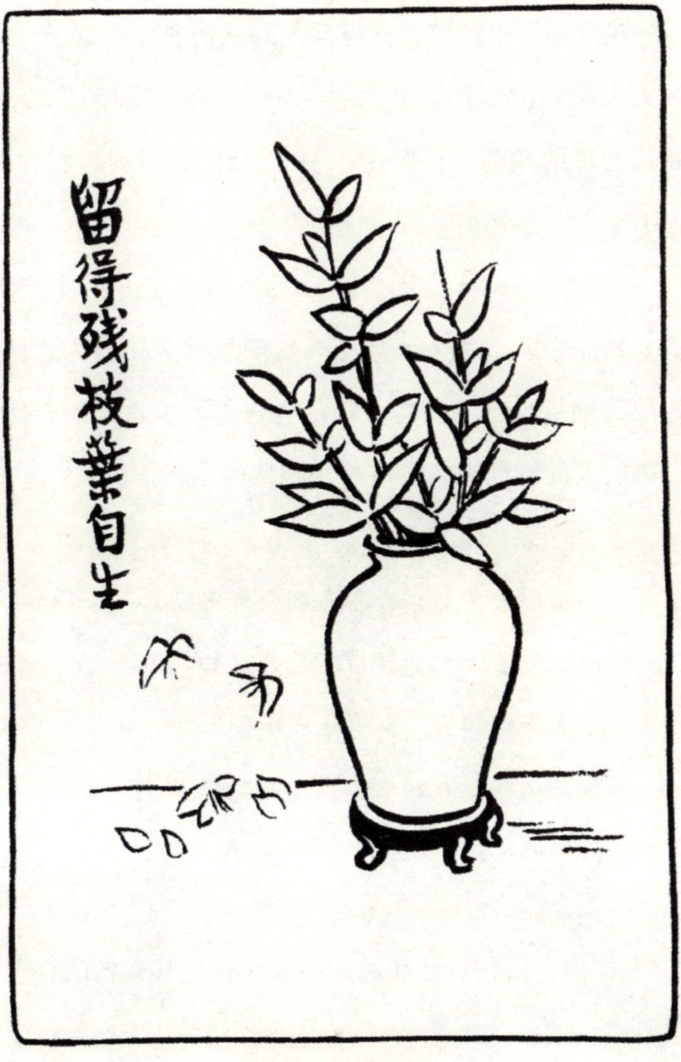

留得残枝叶自生

我暗诵了这些诗，觉得看菊的感伤愈加浓重了。某词人云："春风欲劝座中人，一片落红当眼坠。"今日展览会里的残菊，正像这"一片落红"，对我这霜须的人下了一个恳切的劝告。

中年以后的人，因为自己的青春已逝，看了花大抵要妒忌它，以为人不如花。这妒忌常美化而为感伤。我细细剖析自己的感伤，觉得也含着不少这样的心情。记得前人的诗词中，告白着这心情的亦复不少：

今年花似去年好，去年人到今年老。
始知人老不如花，可惜落花君莫扫。
年年岁岁花相似，岁岁年年人不同。
白发悲花落，青云羡鸟飞。
但愁花有语，不为老人开！

没奈何，感伤者往往逃入酒乡，作掩耳盗铃的自慰。故曰：

菊萎犹开卧地花

日日人空老，年年春更归。

相欢有樽酒，不用惜花飞！

一月主人笑几回？相逢相识且衔杯。

眼看春色如流水，今日残花昨日开。

一年又过一年春，百岁曾无百岁人。

能向花间几回醉，十斤沽酒莫辞贫。

酒乡可说是我国古代诗人所公认的避愁处。倘真能“长醉不用醒”，果然是一个大好去处，可惜终不免要醒，醒转来依然负着这一额头颅而立在这一个世界里！

花终于要凋谢，人终于要老死，这种感伤也同归于尽。只有从这些感伤发出来的诗词，永远生存在这世间，不绝地引起后人的共鸣。“人生短，艺术长”，其此之谓欤？

法味

暮春的一天，弘一师从杭州招贤寺寄来了一张邮片说：

“近从温州来杭，承招贤老人殷勤相留，年内或不复它适。”

我于六年前将赴日本的前几天的一夜，曾在闸口凤生寺向他告别。以后仆仆奔走，沉酣于浮生之梦，直到这时候未得再见。这一天接到他的邮片，使我非常感兴。那笔力坚秀，布置妥贴的字迹，和简洁的文句，使我陷入了沉思。做我先生时的他，出家时的他，六年前的告别时的情景，六年来的我……霎时都浮出在眼前，觉得这六年越发像梦了。我就决定到杭州去访问。过了三四日，这就被实行了。

同行者是他的老友，我的先生S（指夏丏尊），也是专诚去访他的。从上海到杭州的火车，几乎要行六小时。我在车中，一味回想着李叔同先生——就是现在的弘一师——教我绘图音乐那时候的事。对座的S先生从他每次出门必提着的那只小篮中抽出一本小说来翻，又常常向窗外看望。车窗中最惹目的是接续奔来的深绿的桑林。

车到杭州，已是上灯时候。我们坐东洋车到西湖边的清华旅馆定下房间，就上附近一家酒楼去。杭州是我的旧游之地。我的受李叔同先生之教，就在贡院旧址第一师范。八九年来，很少重游的机会，今晚在车中及酒楼上所见的夜的杭州，面目虽非昔日，然青天似的粉墙，棱角的黑漆石库墙门，冷静而清楚的新马路，官僚气的藤轿，叮当的包车，依然是八九年前的杭州的面影，直使我的心暂时返了童年，回想起学生

忏　悔

时代的一切的事情来。这一夜天甚黑。我随S先生去访问了几个住在近处的旧时师友，不看西湖就睡觉了。

翌晨七时，即偕S先生乘东洋车赴招贤寺。走进正殿的后面，招贤老人就出来招呼。他说：

“弘一师日间闭门念佛，只有送饭的人出入，下午五时才见客。”

他诚恳地留我们暂时坐谈，我们就在殿后窗下的椅上就座，S先生同他谈话起来。

招贤老人法号弘伞，是弘一师的师兄，二人是九年前先后在虎跑寺剃度的。我看了老人的平扁的颜面，听了他的黏润的声音，想起了九年前的事：

他本来姓程名中和。李先生剃度前数月，曾同我到玉泉寺去访他，且在途中预先对我说：

“这位程先生在二次革命时曾当过团长（？），亲去打南京。近来忽然悟道，暂住在玉泉寺为居士，不久亦将剃度。”

我第一次见他时，他穿着灰白色的长衫，黑色的马褂，靠在栏上看鱼。一见他那平扁而和蔼的颜貌，就觉得和他的名字“中和”异常调和。他的齿的整齐，眼

投 奔

线的平直，面部的丰满，及脸色的暗黄，一齐显出无限的慈悲，使人见了容易联想螺蛳顶下的佛面，万万不会相信这面上是配戴军帽的。不久，这位程居士就与李先生相继出家。后来我又在虎跑寺看见他穿了和尚衣裳做晚课，听到他的根气充实而永续不懈的黏润的念佛声。

这是九年前的事了。如今重见，觉得除了大概因刻苦修行而蒙上的一层老熟与镇静的气象以外，声音笑貌，依然同九年前一样。在他，九年的时间真是所谓“如一日”吧！记得那时我从杭州读书归来，母亲说我的面庞像猫头；近来我返故乡，母亲常说我面上憔悴疲损，已变了狗脸了。时间，在他真是“无老死”的，在我真如灭形伐性之斧了。——当S先生和他谈话的时候我这样想。

坐了一会，我们就辞去。出寺后，又访了湖上几个友人，就搭汽车返旗营。在汽车中谈起午餐，我们准拟吃一天素。但到了那边，终于进王饭儿店去吃了包头鱼。

下午我与S先生分途，约于五时在招贤寺山门口会集。等到我另偕了三个也要见弘一师的朋友到招贤寺时，见弘一师已与S先生对坐在山门口的湖岸石埠上谈话了。弘一师见我们，就立起身来，用一种深欢喜的笑颜相迎，我偷眼看他，这笑颜直保留到引我们进山门之后还没有变更。他引我们到了殿旁一所客堂。室中陈设简单而清楚：除了旧式的椅桌外，挂着梵文的壁饰和电灯，大家坐了，暂时相对无言。然后S先生提出话题，介绍与我同来的Y君。Y君向弘一师提出关于儒道、佛道的种种问题，又缕述其幼时的念佛的信心，及其家庭的事情。Y君每说话必垂手起立。弘一师用与前同样的笑颜，举右手表示请他坐。再三，Y君直立如故。弘一师只得保持这笑颜，双手按膝而听他讲。

我危坐在旁，细看弘一师神色颇好，眉宇间秀气充溢如故，眼睛常常环视座中诸人，好像要说活。我就乘机问他近来的起居，又谈起他赠给立达学园的《续藏经》的事。这经原是王涵之先生赠他的。他因为自己已有一部，要转送他处，去年S先生就为立达学园向他请得了，弘一师因为以前也曾有二人向他请求过，而久未去领，故嘱我写信给那二人，说明原委，以谢绝他们。他回入房里去了许久，拿出一张通信地址及信稿来，暂时不顾其他客人，同我并坐了，详细周到地教我信上的措词法。这种丁宁郑重的态度，我已十年不领略了。这时候使我顿时回复了学生时代的心情。我只管低头而唯唯，同时俯了眼窥见他那绊着草鞋带的细长而秀白的足趾，起了异常的感觉。

“初学修佛最好是每天念佛号。起初不必求长，半小时，一小时都好。惟须专意，不可游心于他事。要练习专心念佛，可自已暗中计算，以每五句为一单位，凡念满五句，心中告一段落，或念满五句，摘念珠一颗。如此则心不暇他顾，而可专意于念佛了。初学者以这步工夫为要紧，又念佛时不妨省去‘南无’二字，而略称‘阿弥陀佛’。则可依时辰钟的秒声而念，即以‘的格（强）的格（弱）’的一个节奏（rhythm）的四拍合‘阿弥陀佛’四字，继续念下去，效果也与前法一样。”

Y君的质问，引起了弘一师普遍的说教。旁的人也各提出问话：有的问他阿弥陀佛是什么意义，有的问他过午不食觉得肚饥否，有的问他壁上挂着的是甚么文字。

我默坐旁听着，只是无端地怅惘。微雨飘进窗来，我们就起身告别。他又用与前同样的笑颜送我们到山门外，我们也笑着，向他道别，各人默默地，慢慢地向断桥方向踱去。走了一段路，我觉得浑身异常不安，如有所失，却想不出原因来。忽然看见S先生从袋中摸出香烟来，我晃然悟到这不安是刚才继续两小时模样没有吸烟的原故。就向他要了一支。

是夜我们吃了两次酒，同席的都是我的许久不见的旧时师友。有几个先生已经不认识我，旁的人告诉他说“他是丰仁”。我听了别人呼我这个久已不用的名字，又立刻还了我的学生时代。有一位先生与我并座，却没有认识我，好像要问尊姓的样子。我不知不觉地装出幼时的语调对他说，“我是丰仁，先生教过我农业的。”他们筛酒时，笑着问我“酒吃不吃？”又有拿了香烟问我“吸烟不？”的。我只得答以“好的，好的”，心中却自忖着“烟酒我老吃了！”教过我习字的一位先生又把自己的荸荠省给我吃。我觉得非常的拘束而不自然，我已完全孩子化了。

回到旅馆里，我躺在床上想："杭州恐比上海落后十年罢！何以我到杭州，好像小了十岁呢？"

翌晨，S先生因有事还要勾留，我独自冒大雨上车返上海。车中寂寥得很，想起十年来的心境，犹如常在驱一群无拘束的羊，才把东边的拉拢，西边的又跑开去。拉东牵西，瞻前顾后，困顿得极。不但不由自己拣一条路而前进，连体认自己的状况的余暇也没有。这次来杭，我在弘一师的明镜里约略照见了十年来的自己的影子了。我觉得这次好像是连续不断的乱梦中一个欠伸，使我得暂离梦境；拭目一想，又好像是浮生路上的一个车站，使我得到数分钟的静观。

车到了上梅，浮生的淞沪车又载了我颠簸倾荡地跑了！更不知几时走尽这浮生之路。

过了几天，弘一师又从杭州来信，大略说："音出月拟赴江西庐山金光明会参与道场，愿手写经文三百叶分送各施主。经文须用朱书，旧有朱色不敷应用。愿仁者集道侣数人，合赠英国制水彩颜料 vermilion（朱红）数瓶。"末又云："欲数人合赠者，俾多人得布施之福德也。”

我与S先生等七八人合买了八瓶 Windsor Newton（温泽·牛顿）制的水彩颜料，又添附了十张夹宣纸，即日寄去。又附信说：“师赴庐山，必道经上海，请预示动身日期，以便赴站相候。”他的回信是：“此次过上海恐不逗留，秋季归来时再图叙晤。”

后来我返乡石门，向母亲讲起了最近访问做和尚的李叔同先生的事。又在橱内寻出他出家时送我的一包照片来看。其中有穿背心，拖辫子的，有穿洋装的，有扮《白水滩》里十三郎的，有扮《新茶花女》里的马克的，有作印度人装束的，有穿礼服的，有古装的，有留须穿马褂的，有断食十七日后的照相，有出家后僧装的照相。在旁同看的几个商人的亲戚都惊讶，有的说“这人是无所不为的，将来一定要还俗。”有的说“他可赚二百块钱一月，不做和尚多好呢！”次日，我把这包照片带到上海来，给学园里的同事们学生们看。有许多人看了，问我“他为什么做和尚？”

暑假放了，我天天袒衣跣足，在过街楼上——所谓家里写意度日。友人W君（指黄涵秋）新从日本回国，暂寓我家里，在我的外室里堆了零零星星好几堆的行李物件。

有一天早晨，我与W君正在吃牛乳，坐在藤椅上翻阅前天带来的李叔同先生的照片。P T两儿正在外室翻转W君的柳条行李的盖来坐船，忽然一个住在隔壁的学生张皇地上楼来，说“门外有两个和尚在寻问丰先生，其一个样子好像是照相上见过的李叔同先生。”

我下楼一看，果然是弘一弘伞两法师立在门口。起初我略有些张皇失措，立了一歇，就延他们上楼。自己快跑几步，先到外室把P T两儿从他们的船中抱出，附耳说一句“陌生人来了！”移开他们的船，让出一条路。回头请二法师入室，到过街楼去。我介绍了W君，请他们坐下了，问得他们是前天到上海的，现寓大南门灵山寺，要等江西来信，然后决定动身赴庐山的日期。

弘一师起身走近我来，略放低声音说：

“子恺，今天我们要在这里吃午饭，不必多备菜，早一点好了。”

我答应着忙走出来，一面差P儿到外边去买汽水，一面叮嘱妻即刻备素菜，须于十一点钟开饭。因为我晓得他们是过午不食的。记得有人告诉我说，有一次杭州有一个人在一个素馆子里办了盛馔请弘一师午餐，陪客到齐已经一点钟，弘一师只吃了一点水果。今天此地离市又远，只得草草办点了。我叮嘱好了，回室，邻居的友人L君，C君，D君，都已闻知了来求见。

今日何日？我梦想不到书架上这堆照片的主人公，竟来坐在这过街楼里了！这些照片如果有知，我也一定要跳出来，抱住这和尚而叫"我们都是你的前身"罢！

我把它们捧了出来，送到弘一师面前。他脸上显出一种超然而虚空的笑容，兴味津津地，一张一张地翻开来看，为大家说明，像说别人的事一样。

D君问起他家庭的事。他说在天津还有阿哥、侄儿等，起初写信去告诉他们要出家，他们复信说不赞成，后来再去信说，就没有回信了。

W君是研究油画的，晓得他是中国艺术界的先辈，拿出许多画来，同他长谈细说地论，他也有时首肯，有时表示意见。我记得弘伞师向来是随俗的，弘一师往日的态度，比弘伞师谨严得多。此次却非常的随便，居然亲自到我家里来，又随意谈论世事。我觉得惊异得很！这想来是功夫深了的结果吧。

饭毕，还没有到十二时。弘一师颇有谈话的兴味，弘伞师似也欢喜和人谈话。寂静的盛夏的午后，房间里充满着从窗外草地上反射进来的金黄的光，浸着围坐谈笑的四人——两和尚，W与我，我恍惚间疑是梦境。

七岁的P儿从外室进来，靠在我身边，咬着指甲向两和尚的衣裳注意。弘一师说她那双眼生得距离很开，很是特别，他说“蛮好看的！”又听见我说她欢喜书画，又欢喜刻石印，二法师都要她给他们也刻两个。弘一师在石上写了一个“月”字（弘一师近又号论月）一个“伞”字，叫P儿刻。当她侧着头，汗淋淋地抱住印床奏刀时，弘一师不瞬目地注视她，一面轻轻地对弘伞师说：“你看，专心得很！”又转向我说：“像现在这么大就教她念佛，一定很好。可先拿因果报应的故事讲给她听。”我说“杀生她本来是怕敢的。”弘一师赞好，就说“这地板上蚂蚁很多！”他的注意究竟比我们周到。

话题转到城南草堂与超尘精舍，弘一师非常兴奋，对我们说：

“这是很好的小说题材！我没有空来记录，你们可采作材料呢。”现在把我所听到的记在下面。

他家在天津，他父亲是有点资产的。他自己说有许多母亲，他父亲生他时，年纪已经六十八岁。五岁上父亲就死了。家主新故，门户又复杂，家庭中大概不安。故他关于母亲，曾一皱眉，摇着头说，“我的母亲——生母很苦！”他非常爱慕他母亲。二十岁时陪了母亲南迁上海，住在大南门金洞桥（？）畔一所许宅的房子——即所谓城南草堂，肄业于南洋公学，读书奉母。他母亲在他二十六岁的时候就死在这屋里。他自己说：“我从二十岁至二十六岁之间的五六年，是平生最幸福的时候。此后就是不断的悲哀与忧愁，一直到出家。”这屋的所有主许幻园是他的义兄，他与许氏两家共居住在这屋里，朝夕相过从。这时候他很享受了些天伦之乐与俊游之趣。他讲起他母亲死的情形，似乎现在还有余哀。他说，“我母亲不在的时候，我正在买棺木，没有亲送。我回来，已经不在了！还只四十

□岁！”大家庭里的一个庶出（？）的儿子，五岁上就没有父亲，现在生母又死了，丧母后的他，自然像游丝飞絮，飘荡无根，于家庭故乡，还有什么牵挂呢？他就到日本去。

在日本时的他，听说生活很讲究，天才也各方面都秀拔。他研究绘画，音乐，均有相当的作品，又办春柳剧社，自己演剧，又写得一手好字，做出许多慷慨悲歌的诗词文章。总算曾经尽量发挥过他的才华。后来回国，听说曾任《太平洋报》的文艺编辑，又当过几个学校的重要教师，社会对他的待遇，一般地看来也算不得薄。但在他自己，想必另有一种深的苦痛，所以说“母亲死后到出家是不断的忧患与悲哀”，而在城南草堂读书奉母的“最幸福的”五六年，就成了他的永远的思慕。

他说那房子旁边有小浜，跨浜有苔痕苍古的金洞桥，桥畔立着两株两抱大的柳树。加之那时上海绝不像现在的繁华，来去只有小车子，从他家坐到大南门给十四文大钱已算很阔绰，比起现在的状况来如同隔世，所以城南草堂更足以惹他的思慕了。他后来教音乐时，曾取一首凄惋呜咽的西洋有名歌曲 *My Dear Old Sunny Home*（《我可爱的阳光明媚的老家》）来改作一曲《忆儿时》，中有“高枝啼鸟，小川游鱼，曾把闲情托”之句，恐怕就是那时的自己描写了。

自从他母亲去世，他抛弃了城南草堂而去国以后，许家的家运不久也衰沉了，后来这房子也就换了主人。□年之前，他曾经走访这故居，屋外小浜，桥，树，依然如故，屋内除了墙门上的黄漆改为黑漆以外，装修布置亦均如旧时，不过改换了屋主而已。

这一次他来上海，因为江西的信没有到，客居无事；灵山寺地点又在小南门，离金洞桥很近，还有，他晓得大南门有一处讲经念佛的地方叫做超尘精舍，也想去看看，就于来访我的前一天步行到大南门一带去寻访。跑了许久，总找不到超尘精舍。他只得改道访城南草堂去。

哪里晓得！城南草堂的门外，就挂着超尘精舍的匾额，而所谓超尘精舍，正设在城南草堂里面！进内一看，装修一如旧时，不过换了洋式的窗户与栏杆，加了新漆，墙上添了些花墙洞。从前他母亲所居的房间，现在已供着佛像，有僧人在那里做课了。近旁的风物也变换了，浜已没有，相当于浜处有一条新筑的马路，桥也没有，树也没有了。他走上转角上一家旧时早有的老药铺，药铺里的人也都已不认识。问了他们，方才晓得这浜是新近被填作马路的：桥已被拆去，柳亦被砍去。那房子的主人是一个开五金店的人，那五金店主不知是信佛还是别的原故，把它送给和尚讲经念佛了。

弘一师讲到这时候，好像兴奋得很，说：

“真是奇缘！那时候我真有无穷感触啊！”其“无穷”两字拍子延得特别长，使我感到一阵鼻酸。后来他又说：

“几时可陪你们去看看。”

这下午谈到四点钟，我们引他们去参观学园，又看了他所赠的《续藏经》，五点钟送他们上车返灵山寺，又约定明晨由我们去访，同去看城南草堂。

翌晨九点钟模样，我偕 W 君，C 君同到灵山寺见弘一师，知江西信于昨晚寄到，已决定今晚上船，弘伞师正在送行李买船票去，不在那里。坐谈的时候，他拿出一册白龙山人墨妙来送给我们，说是王一亭君送他，他转送立达图书室的。过了一会，他就换上草鞋，一手夹了照例的一个灰色的小手巾包，一手拿了一顶两只角已经脱落的蝙蝠伞，陪我们看城南草堂去。

去到了那地方，他一一指示我们。哪里是浜，哪里是桥，树，哪里是他当时进出惯走的路。走进超尘精舍，我看见屋是五开间的，建筑总算讲究，天井虽不大，然五间共通，尚不窄仄，可够住两份人家。他又一一指示我们，说：这是公共客堂，这是他的书房，这是他私人的会客室。这楼上是他母亲的住室，这是挂“城南草堂”的匾额的地方。

里面一个穿背心的和尚见我们在天井里指点张望，就走出来察看，又打宁波白拍呼我们坐，弘一师谢他，说“我们是看看的”，又笑着对他说：“这房子我曾住过，二十几年以前。”那和尚打量了他一下说：“哦，你住过的！”

我觉得今天看见城南草堂的实物，感兴远不及昨天听他讲的时候浓重，且眼见的房子，马路，药铺，也不像昨天听他讲的时候的美而诗的了。只是看见那宁波和尚打量他一下而说那句话的时候，我眼前仿佛显出二十几年前后的两幅对照图，起了人生刹那的悲哀。回出来时，我只管耽于遐想：

“如果他没有这母亲，如果这母亲迟几年去世，如果这母亲现在尚在，局面又怎样呢？恐怕他不会做和尚，我不会认识他，我们今天也不会来凭吊这房子了！谁操着制定这局面的权份呢？”

出了弄，步行到附近的海潮寺一游，我们就邀他到城隍庙的素菜馆里去吃饭。

吃饭的时候，他谈起世界佛教居士林尤惜阴居士为人如何信诚，如何乐善。我们晓得他要晚上上船，下午无事，就请他引导到世界佛教居士林去访问尤居士。

世界佛教居士林是新建的四层楼洋房，非常庄严灿烂。第一层有广大的佛堂，内有很讲究的坐椅，拜垫，设备很丰富，许多善男信女在那里拜忏念佛。问得尤居士住在三层楼，我们就上楼去。这里面很静，各处壁上挂着“缓步低声”的黄色的牌，看了使人愈增严肃。三层楼上都是房间。弘一师从一房间的窗外认得尤居士，在窗玻璃上轻叩了几下，我就看见一位五十岁模样的老人开门出来，五体投地地拜伏在弘一师脚下，好像几乎要把弘一师的脚抱住。弘一师但浅浅地一鞠躬，我站在后面发呆，直到老人起来延我入室，始回复到我的知觉。才记得他是弘一师的皈依弟子（？）。

尤居士是无锡人，在上海曾做了不少的慈善事业，是相当知名的人。就是向来不关心时事的我，也是预早闻其名的。他的态度，衣装，及房间里的一切生活的表象，竟是非常简朴，与出家的弘一师相去不远。于此我才知道居士是佛教的最有力的宣传者。和尚是对内的，居士是对外的，居士实在就是深入世俗社会里去现身说法的和尚。我初看见这居士林建筑设备的奢华，窃怪与和尚的刻苦修行相去何远。现在看了尤居士，方才想到这大概是对世俗的方便罢了。弘一师介绍我们三人，为我们预请尤居士将来到立达学园讲演，又为我们索取了居士林所有赠阅的书籍各三份。尤居士就引导我们去瞻观舍利室。

舍利室是一间供舍利的，约二丈见方的房间。没有窗，四壁全用镜子砌成，天花板上悬四盏电灯，中央设一座玲珑灿烂的红漆金饰的小塔，四周地上设四个拜垫，塔底角上悬许多小电灯，其上层中央供一水晶样的球，球内的据说就是舍利。舍利究竟是什么样一种东西，因为我不大懂得，本身倒也惹不起我什么感情，不过我觉得一入室，就看见自己立刻化作千万身，环视有千万座塔，千万盏灯，又面面是自己，目眩心悸，我全被压倒在一种恐怖而又感服的情绪之下了。弘一师与尤居士各参拜过，就鱼贯出室。再参观了念佛室，藏经室。我们就辞尤居士而出。

步行到海宁路附近，弘一师要分途独归，我们要送他回到灵山寺。他坚辞说，“路我认识的，很熟，你们一定回去好了，将来我过上海时再见。”又拍拍他的手巾包笑说，“坐电车钱的铜板很多！”就转身进弄而去。我目送着他，直到那瘦长的背影，没入人丛中不见了，始同 W 君，C 君上自己的归途。

这一天我看了城南草堂，感到人生的无常的悲哀，与缘法的不可思议，在舍利室，又领略了一点佛教的憧憬。两日来都非常兴奋，严肃，又不得酒喝。一回到家，立刻叫人去打酒。

附记：文内关于弘一弘伞两法师的事实，凡为我所传闻而未敢确定的，附有（？）记号；听了忘记的，以□代字。谨向读者声明。如有错误，并请两法师原鉴。

楼板

记得我小时的事：我们家里那只很低小的厅上正在供起香烛，请六神菩萨。离开蜡烛火焰两尺就是单薄的楼板，楼板上面正是置马桶的地方，有人在便溺的时候，楼下历历可闻其声。当时我已经从祖母及母亲的平日的举动言语间习知菩萨与便溺的相犯。这时候看见了在马桶声底下请六神的情形，就责问母亲，母亲用一个“呸”字批掉我的责问，继续又说：“隔重楼板隔重山。”

当时我并不敢确信“板”的效用如是其大，只是被母亲这“呸”字压倒了。后来我在上海租住房子，才晓得这句古典语的确是至理名言。“隔重楼板隔重山”，上海的空间的经济，住家的拥挤，隔一重板，简直可有交通断绝而气候不同的两个世界，“板”的力竟比山还大。

五六年之前，我初到上海，曾在上海的西门的某里租住人家的一间楼底。楼面与楼底分住两份人家，这回是我初次经验。在我们的故乡，楼上总是卧房，楼下总是供家堂六神的厅，决没有楼上楼下分住两份人家的习惯。我托人找到了这房子，进屋的前两天，自己先去看一次。三开间的一座楼屋，楼上三个楼面是二房东自己住的，楼下左面一间已另有一份人家租住，中央一间正面挂着一张朱柏庐先生治家格言，两壁挂着书画，是公用的客堂，右面一间空着，就是我要租住的。在初到上海的我看来，这实在是一家，我们此后将同这素不相识的两份人家同居，朝夕同堂，出入同门，这是何等偶然而奇妙的因缘。将来我们对这两份人家一定比久疏的亲戚同族要亲近得多，我们一定从此添了两家新的亲友，这是何等偶然而奇妙的因缘。我独自起了这样的心情，就请楼上的二房东下来，预备同他接洽，并作初见的谈话。

一个男子的二房东从楼窗里伸出头来，问我有什么事。我走到天井里，仰起头来回答他说，“我就是来租住这间房间的，要和房东先生谈一谈。”那人把眉头一皱对我说：

“你租房子？没有什么可谈的。你拿出十二块钱，明天起这房子归你。”

那头就缩了进去。随后一个娘姨出来，把那缩进去的头所说的话对我复述一遍。我心中有点不快，但想租定了也罢，就付他十二块钱，出门去了。

后来我们搬进去住了。虽然定房子那一天我已经见过这同居者的颜色，但总不敢相信人与人的相对待是这样冷淡的，楼板的效用这样大的。偶然在门间或窗际看见邻家的人的时候，我总想招呼他们，同他们结邻人之谊。然而他们的脸上有一种不可侵犯的颜色，和一种拒人的力，常常把我推却在千里之外。尽我们租住这房子的六个月之间，与隔一重楼板的二房东家

邻 家

邻 居

及隔一所客堂的对门的人家朝夕相见，声音相闻，而终于不相往来，不相交语，偶然在里门口或天井里交臂，大家故意侧目而过，反似结了仇怨。

那时候我才回想起母亲的话，“隔重楼板隔重山”，我们与他们实在分居着空气不同的两个世界，而只要一重楼板就可隔断。板的力比山还大！

蝌蚪

一

每度放笔，凭在楼窗上小憩的时候，望下去看见庭中的花台的边上，许多花盆的旁边，并放着一只印着蓝色图案模样的洋磁面盆。我起初看见的时候，以为是洗衣物的人偶然寄存着的。在灰色而简素的花台的边上，许多形式朴陋的瓦质的花盆的旁边，配置一个机械制造而施着近代图案的精巧的洋磁面盆，绘画地看来，很不调和，假如眼底展开着的是一张画纸，我颇想找块橡皮来揩去它。

一天、二天、三天，洋磁面盆尽管放在花台的边上。这表示不是它偶然寄存，而负着一种使命。晚快凭窗欲眺的时候，看见放学出来的孩子们聚在墙下拍皮球。我欲知道洋磁面盆的意义，便提出来问他们。才知道这面盆里养着蝌蚪，是春假中他们向田里捉来的。我久不来庭中细看，全然没有知道我家新近养着这些小动物；又因面盆中那些蓝色的图案，细碎而繁多，蝌蚪混迹于其间，我从楼窗上望下去，全然看不出来。蝌蚪是我儿时爱玩的东西，又是学童时代在教科书里最感兴味的东西，说起了可以牵惹种种的回想，我便专诚下楼来看它们。

洋磁面盆里盛着大半盆清水，瓜子大小的蝌蚪十数个，抖着尾巴，急急忙忙地游来游去，好像在找寻甚么东西。孩子们看见我来欣赏他们的作品，大家围集拢来，得意地把关于这作品的种种话告诉我：

“这是从大井头的田里捉来的。”

“是清明那一天捉来的。”

“我们用手捧了来的。”

“我们天天换清水的呀。”

“这好像黑色的金鱼。”

“这比金鱼更可爱！”

“他们为甚么不绝地游来游去？”

“他们为甚么还不变青蛙？”

他们的疑问把我提醒，我看见眼前这盆玲珑活泼的小动物，忽然变成一种苦闷的象征。我见这洋磁面盆仿佛是蝌蚪的沙漠。它们不绝地游来游去，是为了找寻食物。它们的久不变成青蛙，是为了不得其生活之所。这几天晚上，附近田里蛙鼓的合奏之声，早已传达到我的床里了。这些蝌蚪倘有耳，一定也会听见它们的同类的歌声。听到了一定悲伤，每晚在这洋磁面盆里哭泣，亦未可知！它们身上有着泥土水草一般的保护色，它们只合在有滋润的泥土、丰肥的青苔的水田里生活滋长。在那里有它们的营养物，有它们的安息所，有它们的游乐处，还有它们的大群的伴侣。现在被这些孩子们捉了来，关在这洋磁面盆里，四周围着坚硬的洋铁，全身浸着淡薄的白水，所接触的不是同运命

杨枝净水

的受难者，便是冷酷的珐琅质。任凭它们镇日急急忙忙地游来游去，终于找不到一种保护它们、慰安它们、生息它们的东西。

这在它们是一片渡不尽的大沙漠。它们将以幼虫之身，默默地夭死在这洋磁面盆里，没有成长变化，而在青草池塘中唱歌跳舞的欢乐的希望了。

这是苦闷的象征，这是象征着某种生活之下的人的灵魂！

二

我劝告孩子们：“你们只管把蝌蚪养在洋磁面盆中的清水里，它们不得充分的养料和成长的地方，永远不能变成青蛙，将来统统饿死在这洋磁面盆里！你们不要当它们金鱼看待！金鱼原是鱼类，可以一辈子长在水里；蝌蚪是两栖类动物的幼虫，它们盼望长大，长大了要上陆，不能长居水里。你看它们急急忙忙地游来游去，找寻食物和泥土，无论如何也找不到，样子多么可怜！”

人之初　性本善

孩子们被我这话感动了，颦蹙地向洋磁面盆里看。有几人便问我："那么，怎么好呢？"

我说："最好是送它们回家——拿去倒在田里。过几天你们去探访，它们都已变成青蛙，'哥哥，哥哥'地叫你们了。"

孩子们都欢喜赞成，就有两人抬着洋磁面盆，立刻要送它们回家。

我说："天将晚了，我们再留它们一夜明天送回去罢。现在走到花台里拿些它们所欢喜的泥来，放在面盆里，可以让它们吃吃，玩玩。也可让它们知道，我们不再虐待它们，我们先当作客人款待它们一下，明天就护送它们回家。"

孩子们立刻去捧泥，纷纷地把泥投进面盆里去。有的人叫着："轻轻地，轻轻地！看压伤了它们！"

不久，洋磁面盆底里的蓝色的图案都被泥土遮掩。那些蝌蚪统统钻进泥里，一只都看不见了。一个孩子寻了好久，锁着眉头说："不要都压死了？"便伸手到水里拿开一块泥来看。但见四个蝌蚪密集在面盆底上的泥的凹洞里，四个头凑在一起，尾巴向外放射，好像在那里共食甚么东西，或者共谈甚么话。忽然一个蝌蚪摇动尾巴，急急忙忙地游了开去。游到别的一个泥洞里去一转，带了别的一个蝌蚪出来，回到原处。五个人聚在一起，五根尾巴一齐抖动起来，成为五条放射形的曲线，样子非常美丽。孩子们呀呀地叫将起来。我也暂时忘记了自己的年龄，附和着他们的声音呀呀地叫了几声。

随后就有几人异口同声地要求："我们不要送它们回家，我们要养在这里！"我在当时的感情上也有这样的要求；但觉左右为难，一时没有话回答他们，踌躇地微笑着。一个孩子恍然大悟地叫道："好！我们在墙角里掘一个小池塘，倒满了水，同田里一样。就把它们养在那里。它们大起来变成青蛙，就在墙角里的地上跳来跳去。"大家拍手说"好！"我也附和着说"好！"大的孩子立刻找到种花用的小锄头，向墙角的泥地上去垦。不久，垦成了面盆大的一个池塘。大家说："够大了，够大了！""拿水来，拿水来！"就有两个孩子扛开水缸的盖，用浇花壶提了一壶水来，倾在新开的小池塘里。起初水满满的，后来被泥土吸收，渐渐地浅起来。大家说："水不够，水不够。"小的孩子要再去提水，大的孩子说："不必了，不必了，我们只要把洋磁面盆里的水连泥和蝌蚪倒进塘里，就正好了。"大家赞成。蝌蚪的迁居就这样地完成了。

夜色朦胧，屋内已经上灯。许多孩子每人带了一双泥手，欢喜地回进屋里去，回头叫着："蝌蚪，再会！""蝌蚪，再会！""明天再来看你们！""明天再来看你们！"一个小的孩子接着说："它们明天也许变成青蛙了。"

三

洋磁面盆里的蝌蚪，由孩子们给迁居在墙角里新开的池塘里了。孩子们满怀的希望，等候着它们的变成青蛙。我便怅然地想起了前几天遗弃在上海的旅馆里的四只小蝌蚪。

今年的清明节，我在旅中度送。乡居太久了，有些儿厌倦，想调节一下。就在这清明的时节，做了路上的行人。时值春假，一孩子便跟了我走。清明的次日，我们来到上海。十里洋场一看就生厌，还是到城隍庙里去坐坐茶店，买买零星玩意，倒有趣味。孩子在市场的一角看中了养在玻璃瓶里的蝌蚪，指着了要买。出十个铜板买了。后来我用拇指按住了瓶上的小孔，坐在黄包车里带它回旅馆去。

回到旅馆，放在电灯底下的桌子上观赏这瓶蝌蚪，觉得很是别致：这真像一瓶金鱼，共有四只。颜色虽不及金鱼的漂亮，但是游泳的姿势比金鱼更为活泼可爱。当它们潜在瓶边上时，我们可以察知它们的实际的大小只及半粒瓜子。但当它们游到瓶中央时，玻璃瓶与水的凸镜的作用把它们的形体放大，变化参差地映入我们的眼中，样子很是好看。而在这都会的旅馆的楼上的五十支光电灯底下看这东西愈加觉得稀奇。这是春日田中很多的东西。要是在乡间，随你要多少，不妨用斗来量。但在这不见自然面影的都会里，不及半粒瓜子大的四只，便已可贵，要装在玻璃瓶内当作金鱼欣赏了，真有些儿可怜。而我们，原是常住在乡间田畔的人，在这清明节离去了乡间而到红尘万丈的中心的洋楼上来鉴赏玻璃瓶里的四只小蝌蚪，自己觉得可笑。这好比富翁舍弃了家里的酒池肉林而加入贫民队里来吃大饼油条；又好比帝王舍弃了上苑三千而到民间来钻穴窥墙。

一天晚上，我正在床上休息的时候，孩子在桌上玩弄这玻璃瓶，一个失手，把它打破了。水泛滥在桌子上，里面带着大大小小的玻璃碎片，蝌蚪躺在桌上的水痕中蠕动，好似涸辙之鱼，演成不可收拾的光景归我来办善后。善后之法，第一要救命。我先拿一只茶杯，去茶房那里要些冷水来，把桌上的四个蝌蚪轻轻地掇进茶杯中，供在镜台上了。然后一一拾去玻璃的碎片，揩干桌子。约费了半小时的扰攘，好容易把善后办完了。去镜台上看看茶杯里的四只蝌蚪，身体都无恙，依然是不绝地游来游去，但形体好像小了些，似乎不是原来的蝌蚪了。以前养在玻璃瓶中的时候，因有凸镜的作用，其形状忽大忽小，变化百出，好看得多。现在倒在茶杯里一看，觉得就只是寻常乡间田里的四只蝌蚪，全不足观。都会真是枪花繁多的地方，寻常之物，一到都会里就了不起。这十里洋场的繁华世界，恐怕也全靠着玻璃瓶的凸镜的作用映成如此光怪陆离。一旦失手把玻璃瓶打破了，恐怕也只是寻常乡间田里的四只蝌蚪罢了。

过了几天，家里又有人来玩上海。我们的房间嫌小了，就改赁大房间。大人、孩子，加以茶房，七手八脚地把衣物搬迁。搬好之后立刻出去看上海。为经济时间计，一天到晚跑在外面，乘车、买物、访友、游玩，少有在旅馆里坐的时候，竟把小房间里镜台上的茶杯里的四只小蝌蚪完全忘却了；直到回家后数天，看到花台边上洋磁面盆里的蝌蚪的时候，方然忆及。现在孩子们给洋磁面盆里的蝌蚪迁居在墙角里新开的小池塘里，满怀的希望，等候着它们的变成青蛙。我更怅然地想起了遗弃在上海的旅馆里的四只蝌蚪。不知它们的结果如何？

大约它们已被茶房妙生倒在痰盂里，枯死在垃圾桶里了？妙生欢喜金铃子，去年曾经想把两对金铃子养过冬，我每次到这旅馆时，他总拿出他的牛筋盒子来给我看，为我谈种种关于金铃子的话。也许他能把对金铃子的爱推移到这四只蝌蚪身上，代我们养着，现在世间还有这四只蝌蚪的小性命的存在，亦未可知。

然而我希望它们不存在。倘还存在，想起了越是可哀！它们不是金鱼，不愿住在玻璃瓶里供人观赏。它们指望着生长、发展，变成了青蛙而在大自然的怀中唱歌跳舞。它们所憧憬的故乡，是水草丰足，春泥粘润的田畴间，是映着天光云影的青草池塘。如今把它们关在这商业大都市的中央，石路的旁边，铁筋建筑的楼上，水门汀砌的房笼内，磁制的小茶杯里，除了从自来水龙头上放出来的一勺之水以外，周围都是磁、砖、石、铁、钢、玻璃、电线和煤烟，都是不适于它们的生活而足以致它们死命的东西。世间的凄凉、残酷和悲惨，无过于此。这是苦闷的象征，这象征着某种生活之下的人的灵魂！

假如有谁来报告我这四只蝌蚪的确还存在于那旅馆中，为了象征的意义，我准拟立刻动身，专赴那旅馆中去救它们出来，放乎青草池塘之中。

谈自己的画

去秋语堂先生来信，嘱我写一篇《谈漫画》。我答允他定写，然而只管不写。为甚么答允写呢？因为我是老描“漫画”的人，约十年前曾经自称我的画集为“子恺漫画”，在开明书店出版。近年来又不断地把“漫画”在各杂志和报纸上发表，惹起几位读者的评议。还有几位出版家，惯把“子恺漫画”四个字在广告中连写起来，把我的名字用作一种画的形容词；有时还把我夹在两个别的形容词中间，写作“色彩子恺新年漫画”。（见开明书店本年一月号《中学生》广告。）这样，我和“漫画”的关系就好像很深。近来我被各杂志催稿，随便甚么都谈，而独于这关系好像很深的“漫画”不谈，自己觉得没理由，而且也不愿意，所以我就答允他一定写稿。为甚么又只管不写呢？因为我对于“漫画”这个名词的定义，实在没有弄清楚：说它是讽刺的画，不尽然；说它是速写的画，又不尽然；说它是黑和白的画，有色彩的也未始不可称为“漫画”；说它是小幅的画，小幅的不一定都是“漫画”。……原来我的画称为漫画，不是我自己作主的，十年前我初描这种画的时候，《文学周报》编辑部的朋友们说要拿我的“漫画”去在该报发表。从此我才知我的画可以称为“漫画”，画集出版时我就遵用这名称，定名为“子恺漫画”。这好比我的先生（从前浙江第一师范的国文教师单不厂先生，现在已经逝世了。）根据了我的单名“仁”而给我取号为“子恺”，我就一直遵用到今。我的朋友们或者也是有所根据而称我的画为“漫画”的，我就信受奉行了。但究竟我的画为甚么称为“漫画”？可否称为“漫画”？自己一向不曾确知。自己的画的性

但令四海常丰稔　不嫌人间鼠雀多

状还不知道，怎样能够普遍地谈论一般的漫画呢？所以我答允了写稿之后，踌躇满胸，只管不写。

最近语堂先生又来信，要我履行前约，说不妨谈我自己的画。这好比大考时先生体恤学生抱佛脚之苦，特把题目范围缩小。现在我不可不缴卷了，就带着眼病写这篇稿子。

把日常生活的感兴用“漫画”描写出来——换言之，把日常所见的可惊可喜可悲可哂之相，就用写字的毛笔草草地图写出来——听人拿去印刷了给大家看，这事在我约有了十年的历史，仿佛是我的一种习惯了。中国人崇尚“不求人知”，西洋人也有“What's in your heart let no one know”（意即别让人知道你心里的事）的话。我正同他们相反，专门画给人家看，自己却从未仔细回顾已发表的自己的画。偶然在别人处看到自己的画册，或者在报纸、杂志中翻到自己的插画，也好比在路旁的商店的样子窗中的大镜子里照见自己的面影，往往一瞥就走，不愿意细看。这是甚么心理？很难自知。勉强平心静气地观察自己，大概是为了太稔熟，太关切，表面上反而变疏远了的原故。中国人

白云明月任西东

见了朋友或相识者都打招呼，表示互相亲爱；但见了自己的妻子，反而板起脸孔不搭白（作者家乡方言，意即搭腔），表示疏远的样子。我的不欢喜仔细回顾自己的画，大约也是出于这种奇妙的心理的罢？

但现在我要写这个题目，非仔细回顾自己的画不可了。我找集从前出版的《子恺漫画》、《子恺画集》等书来从头翻阅，又把近年来在各杂志和报纸上发表的画的副稿来逐幅细看，想看出自己的画的性状来，作为本题的材料。结果大失所望。我全然没有看到关于画的事，只是因了这一次的检阅，而把自己过去十年间的生活与心情切实地回味了一遍，心中起了一种不可名状的感慨，竟把画的一事完全忘却了。

因此我终于不能谈自己的画。一定要谈，我只能在这里谈谈自己的生活和心情的一面，拿来代替谈自己的画罢。

约十年前，我家住在上海。住的地方迁了好几处，但总无非是一楼一底的“弄堂房子”，至多添了一间过街楼。现在回想起来，上海这地方真是十分奇妙：看似那么忙乱的，住在那里却非常安闲，家庭这小天地可与忙乱的环境判然地隔离而安闲地独立。我们住在乡间，邻人总是熟识的，有的比亲戚更亲切；白天门总是开着的，不断地有人进进出出；有了些事总是大家传说的，风俗习惯总是大家共通的。住在上海完全不然。邻人大都不相识，门镇日严扃着，别家死了人与你全不相干。故住在乡间看似安闲，其实非常忙乱；反之，在上海看似忙乱，其实非常安闲。关了前门，锁了后门，便成一个自由独立的小天地。在这里面由你选取甚样风俗习惯的生活：宁波人尽管度宁波俗的生活，广东人尽管度广东俗的生活。我们是浙江石门湾人，住在上海时也只管说石门湾的土白，吃石门湾式的饭菜，度石门湾式的生活，却与石门湾相去千里。现在回想，这真是一种奇妙的生活！

除了出门以外，在家里所见的只是这个石门湾式的小天地。有时开出后门去换掉些头发（《子恺画集》六四页），有时从过街楼上挂下一只篮去买两只团子（《子恺漫画》七〇页），有时从洋台眺望屋瓦间浮出来的纸鸢（《子恺漫画》六三页），知道春已来到上海。但在我们这个小天地中，看不出春的来到。有时几乎天天同样，辨不出今日和昨日。有时连日没有一个客人上门，我妻每天的公事，就是傍晚时光抱了瞻瞻，携了阿宝，到弄堂门口去等我回家（《子恺漫画》六九页）。两岁的瞻瞻坐在他母亲的臂上，口里唱着“爸爸还不来，爸爸还不来！”六岁的阿宝拉住了她娘的衣裾，在下面同他和唱。瞻瞻在马路上扰攘往来的人群中认到了带着一叠书和一包食物回家的我，突然地欢呼舞蹈起来，几乎使他母亲的手臂撑不住。阿宝陪着他在下面跳舞，也几乎撕破了她母亲衣裾。他们的母亲呢，笑着喝骂他们。当这时候，我觉得自己立刻化身为二人。其一人做了他们的父亲或丈夫，体验着小别重逢时的家庭团圆之乐；另一个人呢，远远地站了出来，从旁观察这一幕悲欢离合的活剧，看到一种可喜又可悲的世间相。

他们这样地欢迎我进去的，是上述的几与世间绝缘的小天地。这里是孩子们的天下。主宰这天下的，有三个角色，除了瞻瞻和阿宝之外，还有一个是四岁的软软，仿佛罗马的三头政治。日本人有 tototenka（父天下）、kakatenka（母天下）之名，我当时曾模仿他们，戏称我们这家庭为 tsetsetenka（瞻瞻天下）。因为瞻瞻在这三人之中势力最盛，好比罗马三头政治中的领胄。我呢，名义上是他们的父亲，实际上是他们的臣仆；而我自己却以为是站在他们这政治舞台下面的观剧者。丧失了美丽的童年时代，送尽了蓬勃的青年时代，而初入黯淡的中年时代的我，在这群真率的儿童生活中梦见了自己过去的幸福，觅得了自己已失的童心。我企慕他们的生活天真，艳羡他们的世界广大。觉得孩子们都有大丈夫气，大人比起他们来，个个都虚伪卑怯。又觉得人世间各种伟大的事业，不是那种虚伪卑怯的大人们所能致，都是具有孩子们似的大丈夫气的人所建设的。

我翻到自己的画册，便把当时的情景历历地回忆起来。例如：他们跟了母亲到故乡的亲戚家去看结婚，回到上海的家里时也就结起婚来。他们派瞻瞻做新官人。亲戚家的新官人曾经来向我借一顶铜盆帽，（注：当时我乡结婚的男子，必须戴一顶铜盆帽，穿长衫马褂，好像是代替清朝时代的红缨帽子外套的。我在上海日常戴用的呢帽，常常被故乡的乡亲借去当作结婚的大礼帽用。）瞻瞻这两岁的小新官人也借我的铜盆帽去戴上了。他们派软软做新娘子。亲戚家的新娘子用红帕子把头蒙住，他们也拿母亲的红包袱把软软的头蒙住了。一个戴着铜盆帽好像苍蝇戴豆壳，一个蒙着红包袱好像猢狲扮把戏，但两人都认真得很，脸孔板板的，跨步缓缓的，活像那亲戚家的结婚式中的人物。宝姊姊说“我做媒人”，拉住了这一对小夫妇而教他们参天拜地，拜好了又送他们到用凳子搭成的洞房里（见《子恺画集》三七页）。

我家没有一个好凳子，不是断了脚的，就是擦了漆的。它们当凳子给我们坐的时候少，当游戏工具给孩子们用的时候多。在孩子们，这种工具的用处真真广大：请酒时可以当桌子用，搭棚棚时可以当墙壁用，做客人时可以当船用，开火车时可以当车站用。他们的身体比凳子高得有限，看他们搬来搬去非常吃力。有时汗流满面，有时被压在凳子底下。但他们好像为生活而拼命奋斗的劳动者，决不辞劳。汗流满面时可用一双泥污的小手来揩摸，被压去凳子底下时只要哭脱几声，就带着眼泪去工作。他们真可说是“快活的劳动者”(《子恺画集》三四页)。哭的一事，在孩子们有特殊的效用。大人们惯说“哭有甚么用?”原是为了他们的世界狭窄的原故。在孩子们的广大的世界里，哭真有意想不到的效力。譬如跌痛了，只要尽情一哭，比服凡拉蒙灵得多，能把痛完全忘却，依旧遨游于游戏的世界中。又如泥人跌破了，也只要放声一哭，就可把泥人完全忘却，而热中于别的玩具(《子恺画集》一六页)。又如花生米吃得不够，也只要号哭一下便好像已经吃饱，可以起劲地去干别的工作了(《子恺漫画》六六页)。总之，他们干无论甚么事都认真而专心，把身心全部的力量拿出来干。哭的时候用全力去哭，笑的时候用全力去笑，一切游戏都用全力去干。干一件事的时候，把除这以外的一切别的事统统忘却。一旦拿了笔写字，便把注意力全部集中在纸上(《子恺漫画》六八页)。纸放在桌上的水痕里了也不管，衣袖带翻了墨水瓶也不管，衣裳角拖在火钵里燃烧了也不管。一旦知道同伴们有了有趣的游戏，冬晨睡在床里的会立刻从被窝钻出，穿了寝衣来参加；正在换衣服的会赤了膊来参加(《子恺漫画》九〇页)；正在洗浴的也会立刻离开浴盆，用湿淋淋的赤身去参加。被参加的团体中的人们对于这浪漫的参加者也恬不为怪，因为他们大家把全精神沉浸在游戏的兴味中，大家入了“忘我”的三昧境，更无余暇顾到实际生活上的事及世间的习惯了。

成人的世界，因为受实际的生活和世间的习惯的限制，所以非常狭小苦闷。孩子们的世界不受这种限制，因此非常广大自由。年纪愈小，其所见的世界愈大。我家的三头政治团中势力最大的瞻瞻，便是为了年纪最小，所处的世界最广大自由的原故。他见了天上的月亮，会认真地要求父母给捉下来（《儿童漫画》）；见了已死的小鸟，会认真地喊它活转来（《子恺画集》二八页）；两把芭蕉扇可以认真地变成他的脚踏车（《子恺画集》一七页）；一只藤椅子可以认真地变成他的黄包车（《子恺画集》一八页）；戴了铜盆帽会立刻认真地变成新官人；穿了爸爸的衣服会立刻认真地变成爸爸（《子恺漫画》九五页）。照他的热诚的欲望，屋里所有的东西应该都放在地上，任他玩弄；所有的小贩应该一天到晚集中在我家的门口，由他随时去买来吃弄；房子的屋顶应该统统除去，可以使他在家里随时望见月亮，鹞子，和飞机；眠床里应该有泥土，种花草，养着蝴蝶与青蛙，可以让他一醒觉就在野外游戏（《子恺画集》二〇页）。看他那热诚的态度，以为这种要求绝非梦想或奢望，应该是人力所能办到的。他以为人的一切欲望应该都是可能的。所以不能达到目的的时候，便那样愤慨地号哭。拿破仑的字典里没有“难”字，我家当时的瞻瞻的词典里一定没有“不可能”之一词。

我企慕这种孩子们的生活的天真，艳羡这种孩子们的世界的广大，或者有人笑我故意向未练的孩子们的空想界中找求荒唐的乌托邦，以为逃避现实之所。但我也可笑他们的屈服于现实，忘却人类的本性。我想，假如人类没有这种孩子们的空想的欲望，世间一定不会有建筑、交通、医药机械等种种抵抗自然的建设，恐怕人类到今日还在茹毛饮血呢。所以我当时的心，被儿童所占据了。我时时在儿童生活中获得感兴。玩味这种感兴，描写这种感兴，成了当时我的生活的习惯。

欢喜读与人生根本问题有关的书，欢喜谈与人生根本问题有关的话，可说是我的一种习性。我从小不欢喜科学而欢喜文艺。为的是我所见的科学书，所谈的大都是科学的枝末问题，离人生根本很远；而我所见的文艺书即使最普通的《唐诗三百首》，《白香词谱》等，也处处含有接触人生根本而耐人回味的字句。例如我读了“想得故园今夜月，几人相忆在江楼”，便会设身处地地做了思念故园的人，或江楼相忆者之一人，而无端地兴起离愁。又如读了“流光容易把人抛，红了樱桃，绿了芭蕉”，便会想起过去的许多的春花秋月，而无端地兴起惆怅。我看见世间的大人都为生活的琐屑事件所迷着，都忘记人生的根本；只有孩子们保住天真，独具慧眼，其言行多是供我欣赏者。八指头陀诗云：“吾爱童子身，莲花不染尘。骂之唯解笑，打亦不生嗔。对境心常定，逢人语自新。可慨年既长，物欲蔽天真。”我当时曾把这首诗用小刀刻在香烟咀的边上。

这只香烟咀一直跟随我，直到四五年前，有一天不见了。以后我不再刻这诗在甚么地方。四五年来，我的家里同国里一样的多难：母亲病了很久，后来死了；

自己也病了很久，后来没有死。这四五年间，我心中不觉得有甚么东西占据着，在我的精神生活上好比一册书里的几页空白。现在，空白页已经翻厌，似乎想翻出些下文来才好。我仔细向自己的心头探索，觉得只有许多乱杂的东西忽隐忽现，却并没有一物强力地占据着。我想把这几页空白当作被开的几个大“天窗”，使下文仍着继续前文，然而很难能。因为昔日的我家的儿童，已在这数年间不知不觉地变成了少年少女，行将变为大人。他们已不能像昔日地占据我的心了。我原非一定要自己的子女为儿童生活赞美的对象，但是他们由天真烂漫的儿童渐渐变成拘谨驯服的少年少女，在我眼前实证地显示了人生黄金时代的幻灭，我也无心再来赞美那昙花似的儿童世界了。

古人诗云：“去日儿童皆长大，昔年亲友半凋零。”这两句确切地写出了中年人的心境的虚空与寂寥。前天我翻阅自己的画册时，陈宝（就是阿宝，就是做媒人的宝姊姊），宁馨（就是做新娘子的软软），华瞻（就是做新官人的瞻瞻）都从学校放寒假回家，站在我身边同看。看到“瞻瞻新官人，软软新娘子，宝姊姊做媒人”的一幅，大家不自然起来。宁馨和华瞻脸上现出忸怩的笑，宝姊姊也表示决不肯再做媒人了。他们好比已经换了另一班人，不复是昔日的阿宝、软软和瞻瞻了。昔日我在上海的小家庭中所观察欣赏，而描写的那群天真烂漫的孩子，现在似乎早已不在人间了！他们现在都已疏远家庭，做了学校的学生。他们的生活都受着校规的约束，社会制度的限制，和世智的拘束；他们的世界不复如昔日的广大自由；他们早已不做房子没有屋顶和眠床里种花草的梦了。他们已不复是“快活的劳动者”，正在为分数而劳动，为名誉而劳动，为知识而劳动，为生活而劳动了。

我的心早已失了占据者。我带了这虚空而寂寥的心，彷徨在十字街头，观看他们所转入的社会，我想象这里面的人，个个是从那天真烂漫、广大自由的儿童世界里转出来的。但这里没有“花生米不满足”的人，却有许多面包不满足的人。这里没有“快活的劳动者”，只见锁着眉头的引车者，无食无衣的耕织者，挑着重担的颁白者，挂着白须的行乞者。这里面没有像孩子世界里所闻的号啕的哭声，只有细弱的呻吟，吞声的呜咽，幽默的冷笑，和愤慨的沉默。这里面没有像孩子世界中所见的不屈不挠的大丈夫气，却充满了顺从，屈服，消沉，悲哀，和诈伪，险恶，卑怯的状态。我看到这种状态，又同昔日带了一叠书和一包食物回家，而在弄堂门口看见我妻提携了瞻瞻和阿宝等候着那时一样，自己立刻化身为二人。其一人做了这社会里的一分子，体验着现实生活的辛味；另一人远远地站出来，从旁观察这些状态，看到了可惊可喜可悲可哂的种种世间相。然而这情形和昔日不同：昔日的儿童生活相能"占据"我的心，能使我归顺它们；现在的世间相却只是常来"袭击"我这空虚寂寥的心，而不能占据，不能使我归顺。因此我的生活的册子中，至今还是继续着空白的页，不知道下文是甚么。也许空白到底，亦未可知啊。

为了代替谈自己的画，我已把自己十年来的生活和心情的一面在这里谈过了。这文章的题目不妨写作"谈自己的画"。因为：一则我的画与我的生活相关联，要谈画必须谈生活，谈生活就是谈画。二则我的画既不摹拟甚么八大山人、七大山人的笔法，也不根据甚么立体派、平面派的理论，只是像记账般地用写字的笔来记录平日的感兴而已。故关于画的本身，没有甚么话可谈；要谈也只能谈谈作画的因缘罢了。